Fan
ファン文庫

JN127762

あの日、茜色のきみに恋をした。

著　街みさお

マイナビ出版

あの日、茜色の恋をした。きみに

街みさお

MISAO MACHI PRESENTS

一．早春

またここに戻ってきたんだ……。

羽山優菜《はやまゆうな》は小学校の校門を出たところで振り返り、夕陽に照らされた校舎を見上げた。

町立葛《くず》ノ葉《は》小学校。

コンクリートの壁がばら色に染まっている。就任にあたってのさまざまな手続きはすでに役所で済ませた。今日は来月から働く職場に赴任の挨拶にやってきたのだ。春休みの校舎に子ども達の姿はなく、職員の姿も少ない。

ここで過ごしたのはわずか数年。縁戚の少ない母子家庭で育った優菜は、友達を作るのが苦手で、いつも皆から少し離れて本を読んでいるような子どもだった。この学校にいい思い出などない。

しかし、それでもここは優菜にとって特別な意味がある場所だった。この地で優菜の母が亡くなったからだ。学校から帰ると母が倒れており、そのまま病院で帰らぬ人となった。葬式は出さず、小さな骨になった母を抱いて優菜はこの街を去った。六年生の秋のこと。

最後に小学校に行った日は綺麗な夕焼けで、今日と同じように校舎が赤く染まっていたことを覚えている。

十年ぶりくらいか……。

校舎を見上げると、懐かしいさざめきが蘇《よみがえ》る。並んだ教室、長い廊下、窓窓窓。笑って騒ぐ小学生。たしかにここは自分がいた場所だった。

こうして教師となってここに戻ってきたからには、かつての自分のような子どもを作らないようにしなくては、と優菜は思った。

私はここで教師として出発する。そのために難関の教員採用試験を突破したのだから。明日には不動産屋をまわって住む部屋を探さなくてはならないが、物件探しは慣れている。幼い頃から親戚の家を転々とし、自分の家を持ったことのない優菜にとっては別に特別なことではなかった。

とりあえず、今日はもう帰ろう。明日からきっと忙しくなるだろうから。

長い影を引きながら来た道をゆっくり戻りはじめる。

校門からまっすぐ伸びる一本道。かつては土の道だったが、今では舗装され、建売住宅の群れが駅の方角から押し寄せてきていた。けれど、両側の田畑はまだ健在で、その間を縫うように水路と畦道《あぜみち》がある。遠くには小高い丘が暮れなずんでいた。のどかさはまだ残っている。

近くを白い軽トラックが通りすぎた。都会と違って速度は緩やかだ。ふと運転手と目が合ったような気がしたが、特に気にすることもなくそれを見送って優菜は歩き出す。

頬を撫でる風は春の匂いを運んでいたが、ピリリと冷気を含んでいる。

三月末日。春、まだ浅き夕暮れだった。

「やっと終わった……」

優菜が時計を見ると、すでに六時を大きくすぎ、春の宵が窓の外に広がっていた。山の端《は》に残る夕陽が最後の光を放っている。

新学期がはじまって一週間が経った。初任者の優菜は、五年生三クラスのうち、二組の担当となっていた。

大学を卒業して一年間、非常勤講師としてふたつの小学校に勤務した優菜だったが、年度当初から学級を受け持つのは初体験《はつたいけん》だった。しかも、五年生という、そろそろ思春期に近づいた子ども達の担任は全く初めてのことだったので、気が張ってしまい、毎日一日の終わりにはすっかりくたくたになっていた。

始業式の日は新しい担任ということもあり、多少は遠慮しておとなしくしていた子ども達だったが、次の日にはさっそく本領を発揮し、やりたい放題をしはじめる。

優菜はこの一週間で、ずいぶん喉を痛め、声が枯れてしまった。学力的には、昔も今もさほど悪い校区ではないが、男の子達の活発さは想像以上で、たん瘤《こぶ》、打ち身、擦り傷は日常茶飯事のようだった。

そして、金曜日の今日、ようやく明日は休日だと思ったところで、クラスの児童、鹿島《かしま》慎吾《しんご》が、昼休みに階段の手すりを滑り下りる離れ業《わざ》に挑むという事件が起こった。彼は勢い余って転がり落ちた拍子に瞼《まぶた》の上を切ってしまったのだ。傷は小さかったが本人が驚くほどの血が出て泣きわめき、クラスは一時騒然となった。結局応急処置をした養護教諭が公用車で近くの病院に連れていった。

　幸い傷はたいしたことはなく、慎吾は目の上にボクサーのような大きなバンデージを貼られて帰ってきた。優菜は非常に心配したが、本人は案外ケロリとしていて、かえってハクがついたというように威張っていた。

　病院から戻ってすぐ、優菜は教頭と共に慎吾を自宅まで送っていった。予《あらかじ》め電話をしてあったが、保護者になにを言われるのかと戦々恐々としながら向かう。そして自宅の玄関を開けると、昔は農家をしていたという慎吾の祖父がのしのしと出てきて、いきなり「この馬鹿もんが！」とゲンコツを孫にお見舞いする事態となった。おかげでせっかく立ち直っていた慎吾が再び大泣きし、こんな家族のやりとりを初めて見た優菜は、大変驚いてしまった。

　そのあと、彼の母親や祖母、そして奥にいた曾祖母までが出てきて一家総出で「迷惑をおかけしました」とひたすら謝られ、この一件はことなきを得た。

　帰る道すがら「いい校区ですね」と優菜が教頭に言うと彼は、たしかにそうだがそのかわり、昔堅気の人が多く、いったんこじれるとなかなか信頼を取り戻せないのだと語った。

「見えていることが全てではありませんよ、羽山先生」

「それはそうですけれど……」

　聞くと、新興住宅地に越してきた住民と、古くから地元で暮らす住民との間には、なにかと確執があるらしい。

「子ども達は多かれ少なかれ親達の影響を受けますから、昔ながらの地元の子と住宅地の子とでは、雰囲気が少し違うんですよ」

教頭は難しい顔をした。まだ四十代の若い教頭だ。

それはなんとなく感じていたので優菜も頷く。

「問題の対処の仕方によっては、保護者の攻撃の矛先が学校や担任に向くこともあるから気をつけてください」と、重ねて注意をしてくれた。

この街は田園風景が広がり、奈良時代の遺跡が多く点在するベッドタウンだった。大きな市街地まで行くには特急電車を使い、トンネルで山を越えて三十分かかる。それでも最近は大きなスーパーも進出し、都会から私立の有名校も移転してきて、これからますます発展していきそうだ。しかし昔からそこに住む人々の意識には良くも悪くも保守的な気風が残っているようだ。

私が住んでいたときはどうだったんだろう？

優菜はこの地での短かかった学校生活を思い起こしていた。


優菜はいじめられっ子だった。

特にのろまだったり、不潔だったりしたわけではない。勉強は得意だったし、運動も普通にできた。高学年の女子として、顔立ちも体型も取り立てて変わったところはないように思う。普通ならばいじめられる要素などはない。思い返してみても、転校したての頃は特になにもなかったように思う。

しかし、小学生のいじめなど、その多くが些細なきっかけからはじまる。

優菜の場合は貧しさだった。

ボシカテイであったり、セイカツホゴだのシュウガクエンジョだったりという、大人達の話を聞きかじったおませな女子児童が、それが世間的にどうやらいいものではないらしいと勝手に思い込み、ヒソヒソと陰口を囁《ささや》くようになった。そのうちに、ひとりの男子生徒が優菜にきつく当たるようになり、本格的にいじめがはじまった。

彼の名は冬木《とおき》志郎《しろう》。

家は駅前の大きな酒屋で、祖父は県会議員をしている旧家であった。親戚は造り酒屋も営《いとな》んでいて、立派な家に住んでいた。体格がよく見た目も女子の目を引く印象で、勉強も運動も人並み以上にできた。つまり誰からも一目置かれる存在だった。その志郎にどういうわけか、優菜はひどく嫌われていた。

あれは五年生の春、転校してきて半年が経った頃のことだった。当時長髪だった優菜は髪をおろしていた。志郎は「おまえ、なんで髪を括《くく》らないいんだ？　うっとおしくないんか？」と聞いてきた。

「このほうが好きだから……ラプンツェルみたいで」

優菜は大好きな絵本のヒロインの名を出して答えたが、志郎にはわからなかったらしく

「らぷ……?」とぽかんとしていた。

　クラスの髪が長い女子はたいがいひとつに括るか三つ編みにしていたから、優菜のおろされた長い髪はクラスの中で目立った。

　五年生の中頃、月に一度の席替えで、優菜の真後ろが志郎の座席になったことがあった。担任教師が座席を教室の後方へ下げさせ、スクリーンを用いて社会科の視聴覚教材を見せるという授業をしていたときのこと。

　席の間が狭くなり、皆窮屈そうに座っていた。そのとき、偶然優菜の髪が志郎の机の上まで流れた。髪が後ろに引かれるのを感じた優菜は、思わず「引っ張らないで!」と声を上げてしまったのだ。

「あ……」

　そんなつもりはなかったのに、つい大きな声を上げたことに優菜はかなり狼狽《ろうばい》した。教師もクラスメイトもこちらを見ている。

「だって、お前の髪の毛が邪魔でノートが見えないんだよ! 髪切れよ、貧乏人! もっと前のほうに座れ!」

　志郎も負けずに大声で言い返した。クラスのリーダー格の彼はきつい口のきき方をされたことに憤慨したのだろう。

　優菜は黙って席を前にずらし、豊かな髪はすとんと椅子の背に落ちた。クラス中がひそひそとざわめいている。

教師がやんわりと注意を与え、そのときはそれで収まったのだが、志郎が優菜を目の敵《かたき》にしはじめたのはその頃からだ。皆はクラスのリーダーである志郎が優菜を嫌っていると思ってしまった。

小学生にとって、自分が属する小さなコミュニティーから締め出されるということがどんなにつらいことか、当事者でないとわからない。

志郎はそれから自分の影響力を使って優菜を孤立させるように仕向けた。自分からはなにもしないで、態度や視線でクラスメイトを操ったのだ。彼らは志郎の思うがままに、優菜をいじめはじめた。

実際にいじめを仕掛けてくるのは主に女の子で、遊び仲間に入れないとか、持ち物を馬鹿にするとかで、ひとつひとつは地味だが、徒党を組むため陰湿だ。男子はもっとおおっぴらに「ビンボー!」などとからかった。理科の実験班には入れてもらえず、体育のゲームでは自分のチームからもいない者扱いをされた。

このとき優菜が泣いたり、教師に訴えたりすれば、たぶんそれ以上エスカレートしなかったように思う。だがどんな仕打ちを受けても、優菜は絶対に泣かなかったし、学校を休んだりもしなかった。そのことが一層いじめに拍車《はくしゃ》をかけたのかもしれない。

優菜は誰にも相談できなかった。担任が時々心配そうな目で見てくれていることには気がついていたが、病弱な母親には言えなかった。

なにもできなかったが、ただ、直接手を下さず、いじめられている自分を見おろしている、大柄な少年のことは大嫌いだった。それはほとんど憎しみと言っていいほど強い感情だった。

そして六年生の秋に母の死により、この地を離れたことで、苦い記憶は優菜の記憶の中に封印された。

しかし今、この学校に偶然戻ってきたことで、苦々しい感情がじわじわと染み出しはじめている。

いけない！

優菜はそんな思いを断ち切ろうとした。

なにをつまらないことを思い出しているのか。今は現実に集中しなければいけない大事なときなのだ。

昔の記憶を思い出し、暗い表情になっていたのだろう。教頭は優菜を見て落ち込んでいると思ってくれたのか、励ますように言った。

「学校の中では思いがけないことがいくつも起こります。初任の先生には対処が難しい場合もありますから、ひとりで悩まずに私や周囲の先生方によく相談してくださいね。まずは、生徒をよく観察することです。全てはそこからです」

優菜はしっかり前を見て答えた。

「はい、そのようにします。ありがとうございます」

職員室に戻った優菜は、アクシデントがあったものの、なんとか週末を迎えることができたという安心感からほっと大きく息をついた。背中まで伸びた長い髪をまとめていたシュシュを解く。

「お疲れさん！」

そう言ってコーヒーを差し出したのは同じ学年の藤木《ふじき》悠介《ゆうすけ》だ。彼は五年三組の担任で、体育主任も担う青年教師である。

「初めは皆疲れるものだよ。力の抜きどころがわからずに一生懸命になりすぎて、あとからどっとくるんだ」

「そうですね」

コーヒーを受け取ってひと口だけ啜りながら優菜は力なく笑った。たしかに疲労困憊していた。早く帰って休みたい。だが、まだ今日提出分の宿題のチェックがある。来週の授業の準備も残っている。担任の仕事はまだまだ終わりそうにない。

「とりあえず一週間終えたじゃないか。向こうでは飲みに行こうって話が出ているよ」

決して平穏だったとはいえない最初の一週間だったが、ようやく金曜の放課後を迎えることができたのはたしかだ。

「俺は行こうかと思ってるんだけど、羽山先生もどう？　美人が来ると盛り上がるんだよ」

「藤木先生、それセクハラですからね」

学年主任の永嶋《ながしま》が向かいの席から嗜《たしな》める。

「あっ！　こりゃすんません！　でも、どうかな？」

「私は……」

誘われるのは嬉しいが、今日は本当に疲れ切っていて楽しめそうにない。今回は遠慮しようと思う。

「それは……ええと……でも」

「ああ、ごめん、ごめん。無理しないで。心も体もへとへとなんだろう？　残念だけど、また今度ってことで今日はゆっくり休んで」

理解ある顔で藤木が頷き、優菜はありがたく思った。さすがに先輩教師は心の機微をよく見抜いてくれる。

「はい……そうします。すみません」

「けど、いつか一緒に飯《めし》でも行こう。落ち着いたいい店知ってるんだ。たまにはガスを抜かないと、羽山さん」

「ありがとうございます」

素直に藤木の言葉に従い、宿題のノートチェックと授業の準備は月曜の朝早く出勤して行うことにした。

優菜は酒は量は飲めないが、どちらかと言えば好きである。だが、さほど親しくない大勢の人間と飲むのは苦手だった。けれど社会人となった今は、付き合い方もそれなりに学習し、適当な相槌《あいづち》や愛想笑いもうまくなったと自分では思う。基本的に自分は社交辞令や義理というものが不得意なのかもしれないと、優菜は感じている。

「教師は体が資本。元気でなくちゃ、いい仕事はできないよ」

藤木はそう言って席に戻った。優菜は黙って荷物をまとめる。大振りのトートバッグを肩にかけ、挨拶をして校舎を出る。外にはわずかに春の陽が残っていた。

すうっと冷たい風が通ってゆく。今年は季節の歩みが遅れていると朝のニュースで報じられていた。いつもなら満開の桜が、今年はまだ七分咲きというところだ。

「さむ……」

優菜は校舎の裏に停めてある通勤用の自転車に乗って校門を抜けた。県道に続く一本道の先の丘には夕陽がまだ沈みきっていない。明日も晴れそうだ。


駅前のスーパーは混んでいた。惣菜類もほとんど売り切れており、優菜はコンビニで弁当を買うことにした。これはあんまり使いたくない手段だったが、自分で作る気力がなかったのだから仕方がない。

ついでにちょっと高めのデザートでも買おう。そう決めて、優菜は手ぶらでスーパーを出た。自転車はスーパーの駐輪場に置いたままにする。コンビニはスーパーよりもさらに駅近くにあり、改札の真横だ。この辺でコンビニはそこだけなので、いつも賑わっている。急がないと弁当もなくなるかもしれない。優菜は早足で歩き出した。

「あっ、すみません」

自分の抱えたトートバッグが、前を行くカップルの男性の腕にあたってしまい、顔も見ないで優菜は頭を下げる。

「あ……おい！　ちょっと待って」

呼び止められた優菜は驚いて振り向いた。そこには背の高いがっしりした男性が、若い女性に腕を取られながら自分をじっと見つめている。

「やっぱりそうだ。あんた、羽山優菜だろ？」

「……え？」

優菜は突然自分の名を呼ばれてひどく混乱した。

十歳から十二歳まで、二年あまりを過ごしたのだから、この地に知り合いが全くいないというわけではないが、自分のことなど誰も覚えていないと思い込んでいたのだ。彼女を呼び止めたこの大きな男性の顔も思い出せない。

「……覚えてないんだな、その様子じゃ」

彼は面白くなさそうに優菜を見つめた。

優菜も自分の目の前に立ちはだかっている男性を不思議そうに見返す。コットンのタートルネックに分厚いカーキ色のジャケットを無造作に肩にひっかけた長身の男。彫りの深い意志の強そうな瞳、ややひそめられている形のいい眉。

「……あ！」

思わず小さな叫びが優菜の口から飛び出す。記憶の底からふいに湧き上がってきた思いがあった。それは、ひどく苦い味を含んでいた。

「思い出した？　俺。冬木志郎」

おそらく優菜が顔を顰《しか》めたからだろう。鏡に映したように目の前の男も難しい顔になった。

「ちょっと、シロちゃん、誰？」

志郎の隣から流行のファッションに身を包んだ若い女性が顔を出した。

「依子《よりこ》、お前覚えてない？　小学校五、六年のとき一緒のクラスだったろ？　修学旅行の直前に転校したよな？」

名前のみならず、細かいところまで覚えている志郎に優菜はますます驚き、思わず僅かに半身を引いた。志郎はそんな優菜をじっと見つめている。

「……こんにちは。お久しぶりです」

「こんにちは、でもごめ～ん。やっぱり覚えてないかもぉ。私、田端《たばた》依子。覚えてる？」

「いえ、私もあまり覚えていなくて……ごめんなさい」

優菜は依子の屈託のない様子に、いたたまれない気持ちで突っ立っていたが、早くこの場を立ち去りたい気持ちでいっぱいだった。

「じゃあ私はこれで……」

軽い会釈を返した優菜は、急いでいる様子を見せながら駅のほうへ歩き出した。

だが——。

「待てって！」

さっきふいに名前を呼ばれたときよりも、もっと驚いて優菜は振り返り、志郎を見上げた。がっしり腕を摑まれている。その強さは昔感じた軽い恐怖を優菜に呼び起こさせた。

「羽山……サン、なんでこんなとこにいんの？」

密かに慄《おのの》く優菜の気も知らず、志郎は話しかけてくる。

「……な、なにって……」

「仕事？　そのかっこなら仕事だよな？」

優菜は自分の地味なパンツスーツを見おろした。

「え……ええ、まぁ」

誤魔化そうにもその隙がない。

「やっぱり。なら、こっちに住んでんの？　あ、駅に向かってんだから職場がここか。どこに勤めてるの？」

にこりともせずに志郎が畳みかける。本当は勤め先など言いたくない。言いたくはないが、志郎の様子は適当にやり過ごせる雰囲気ではなかった。

「葛ノ葉小学校……」

「え!?　それって私らの小学校じゃん。ひょっとしてセンセイ？」

依子が横で驚いている。

「あの……離して……腕」

「え？　あ……ああ、ごめん」

慌てて志郎は優菜の腕を離した。

「教師に？」

「ええ、まぁ……」

いかにも渋々といった様子で小さく優菜が答えた。

「そうなんだ……」

「シロちゃん、もう行こうよ～」

依子が志郎の腕を引っ張るが、志郎は頓着しない。

「俺さ、商店街の入り口で酒屋やってんだ」

「そうなんですか？」

興味なさげに優菜は相槌を打った。志郎の家が地元の大きな酒屋だということは覚えていた。

「食料品も置いてあるし、今度よかったら覗いてくれ。たいていは店にいるから」

「ありがとうございます。でもごめんなさい。今は私、本当に急いでいるんです」

優菜は困った顔を作った。

「ねえ、羽山さん、急いでるっぽいし、もう行こうよ」

依子がさらに志郎の腕を引く。それを優菜はありがたく思った。

「それじゃ」

優菜はふたりに頭を下げると身を翻《ひるがえ》し、駅の方向に走った。

駅前のコンビニに飛び込むと、優菜は一番奥の棚まで行き、下段の商品を見るふりをしながら屈み込んだ。なぜか顔を上げられなかったのだ。

最悪だ。なんで、こんなタイミングで……。

冬木志郎……家がお金持ちで、自信たっぷりで、なんでもできて、人気があって。そして私のことを目の敵《かたき》にしていた男子だ。

浮かんできたのは五年生の冬、楽しみにしていた教会のクリスマス会でのことだった。志郎はふざけてよろけ、優菜にさしだしたケーキをわざと落とした。ケーキは優菜の目の前から垂直に滑り落ち、足もとで無残に潰《つぶ》れた。教会を飛び出した自分。帰りの道での惨めな思い……。

忘れ去っていたはずの嫌なできごとが、鮮やかに蘇る。

苦い味が口腔に広がるのを感じながら、優菜はゆっくり立ち上がった。

どうやら自分で思っている以上に、この街でのできごとがトラウマになっているらしい。

今さらながら優菜は気がついた。

かつての自分は、片親で貧しかったことが劣等感となり、仲のいい地元の子ども達に対し、いつも寂しさや引け目を感じていた。でも絶対に弱みを見せたくなくて、クラスの中でひとり虚勢を張っていたような気がする。

でも。

と優菜は思った。母を亡くしてから必死で生きてきた年月の間に、自分は強くなったはずだ。自力で大学を卒業し、頑張って勉強し教師にもなれた。もうどんなことが起きても、今までの経験が私を守ってくれる。きっと大丈夫。

優菜は弁当の棚の前に行って時間をかけて夕食を選んだ。ついでに「季節限定！」と書かれたスイーツもカゴに入れ、会計を済ませる。そして、恐る恐るドアをから出ると、そこにはもう志郎の影はなく、ほっと肩の力が抜ける。駅前のロータリーは、灯《とも》りはじめた街灯の下、帰宅を急ぐ人達が行き交っていた。

すでに夕焼けの最後の残り陽《び》は消え、春の夜がゆっくりとはじまろうとしていた。

＊＊＊

優菜は四年の途中から転校してきたと、志郎は記憶している。年号が昭和から平成に変わって間もない頃。

長い髪を結ばずに垂らし、整った顔だちに静かな表情の少女だった。

年度の途中から転校してくるだけでも珍しいのに、抑揚の違う都会風のしゃべり方や、少し冷めたような雰囲気が原因で、スムーズに皆の中に入り込めなかったのはたしかだ。

それでも最初のうちは、しゃべりあう友人はいたようだし、優菜も自分から仲間外れにされるようなことはしていなかった。志郎も何度か話したことがある。

しかし、優菜の髪を罵《ののし》った自分の言動がきっかけとなり、いじめがはじまった。当時の志郎はクラスの中心で、志郎の行動は次第に皆に影響を与えた。

やがて学年が上がるにつれ、徐々に小賢しくなったクラスメイトは、当時振り込み制ではなかった給食費の納入に優菜がたびたび遅れたり、参観日に誰も来ないということに気がつきはじめ、五年生の半ばをすぎる頃から、優菜は次第に孤立していった。そして冬休みが終わると、優菜に話しかける者は誰もいなくなった。

そして六年生になった。卒業学年の秋には修学旅行がある。それは六年生にとって最も楽しみな行事だ。二学期になって本格的に事前学習がはじまり、土産や夕食のアンケートを取る学活を通じて子ども達の気持ちが高まる。しかし、優菜はそのどれにも積極的には関わろうとはしなかった。

そして、あと二週間で待ちに待った修学旅行という頃。

優菜は突然学校に来なくなった。

最初の二日ほどはただの欠席だと思い、皆気にもとめなかった。しかし、欠席が四日目になると、クラス中がヒソヒソと噂をしはじめる。

「ねぇ、ちょっとヤバくない？　あの子来ないじゃん」

「え〜、私らのせいだっていうの？」

「そろそろ先生がなにか言い出すよ。もうすぐ修学旅行なのに、どっかの班に入れてやりなよ」

「そっちの班は六人でしょ？　ウチは七人でもういっぱいだからさ」

「ええ〜、あんな暗い子嫌だぁ」

そんな女子のおしゃべりを聞くたび、志郎はなんともいえない苛立ちを感じた。授業中、幾度も空席に目が行き、どうして先生はなにも言わないのだろうと密かに訝《いぶか》っていた。


その日の夕方のこと。

朝から降っていた雨はすっかり上がり、秋の夕暮れにふさわしい、すばらしい茜空が刈り取られた田んぼを照らしている。側《そば》を走る古い県道を、親に使いに出された志郎は自転車で走っていた。右手の田んぼの奥に小学校が見え、志郎ははっと目を見張った。

校門から伸びる一本の土の道を優菜がひとりで歩いていた。ぬかるんだ道を気にしてだろう、傘は持っていなかったが、赤い雨靴を履いているのがわかる。

志郎は思わずそちらへとハンドルをきった。田の縁を縫う畦道にいくつもの大きな水溜りができて空を映している。志郎は赤く染まった水溜まりを乱暴に破壊しながら、がむしゃらにペダルをこいだ。側を流れる用水路が水嵩を増して流れている。

後ろから近づいてくる自転車の気配に優菜が振り返った。

「おい」

自転車から降りもせず、志郎はぶっきらぼうに声をかける。

「お前なんで学校来ないいんだ？　病気でもないのに」

答えず、優菜は穏やかに志郎を見つめた。夕陽に真正面から照らされて、優菜の体全体がオレンジ色に輝き、黒髪がつややかな栗色に見える。

「サボリかよ」

「……関係ないでしょ？」

優菜の瞳は遠くの空へ向けられ、志郎を映していない。そのひと言に志郎はカッとなり、言葉が勝手に飛び出す。

「俺には関係ないけどな！　けどお前がサボっている間、皆迷惑してんだ。お前がいないから修学旅行の班行動がちっとも決まらないってな！」

「……まるで私がいないことが大事なように聞こえるよね」

「え？」

その言葉はひやりと志郎の胸を刺した。優菜がこんなことを言い返すとは思いもしなかったのだ。ぐっと言葉に詰まる。

「冬木君」

静かに優菜は志郎の名を呼んだ。

「なっ……なんだよ！」

「さようなら」

優菜が背を向け、長い髪がふわりと舞った。赤い雨靴がぬかるんだ地道を踏むたびにぐちゅぐちゅと音が鳴り、小さな背中が夕陽の中を遠ざかっていく。

大人っぽい態度と子どもらしい仕草の不思議な調和。そんなものを語れるほど志郎は言葉に長《た》けてはいなかったが、自分が優菜に圧倒され、一番言いたかったことをひと言も伝えられなかったことだけはわかった。


次の日も優菜は学校に来なかった。

志郎は昨日のことを思い出しながら、担任が朝の学活をしに教室に入ってくるのをぼんやりと眺め、気の抜けた声で号令をかけた。

「きりぃ〜つ……れぇい」

がたがたと椅子を鳴らして皆が席につく。

「おはようございます。初めにお知らせがあります。休んでいた羽山優菜さんが、転校することになりました」

クラスの子ども達がひそひそと顔を見合わせ、中には志郎に話しかける者もいる。だが、志郎は誰の声も聞いてはいなかった。

「皆静かに。実は羽山さんのお母さんが数日前に亡くなられたのです。そして羽山さんは、お葬式を済ませて親戚の家に行くことになったそうです。昨日、学校に挨拶に来て、皆さんには会えないけれどよろしく、修学旅行を楽しんできてくださいと伝言をもらいました。残念ですが、羽山さんにとってはよかったかもしれません」

最後のひと言はきっとクラスの皆に対する先生の皮肉だろう。自分の鼓動が大きな音を立てるのを聞きながら、志郎はそんなことをぼんやり考えた。

田舎の街では葬式は重要な行事で、近所なら手伝いに行ったり、役持ちの家は受付に借り出されたりと結構な大騒ぎとなる。それが子どもとはいえ、なにも気がつかなかったということは、なにか不自然な気がした。あとになって聞いたことだが、実際は親戚の意向で儀式らしいものはほとんど行われず、優菜の母は役場の斎場でひっそりと火葬されたのだった。

『さようなら』

昨日、優菜が言った言葉はこのことだったのだと、志郎は思いあたった。あれはたったひとりで学校に転校のことを告げに来た帰り道だったのだ。

無慈悲な自分の言葉を優菜はどのように聞いていたのだろう？

母親を亡くしたなんて、どのような心持ちがするんだろうか？

この学校に、そして自分に、優菜はなんのいい思い出もないはずだった。親戚の家に行くことになって今頃ほっとしているのだろうか？

ざわめいたクラスの中で志郎だけが凍りついたように動かなかった。

志郎の目の前に昨日の夕焼けが鮮やかに浮かび上がる。

「学校に来いよ……」

なんであのとき言えなかったのだろう。もうあの姿がこの教室に戻ることはないのに。

本当は静かな目で自分を見て欲しかった。教室でなにげない話を交わしたかった。そして校門から延びる道を一緒に帰りたかった。

俺はあいつのことが好きだったんだ……。

もやもやしていた気持ちがやっと素直な言葉の形を取る。それは赤く染まって遠ざかる小さな背中に感じたものと同じ思いだった。

「はい、授業はじめます」

先生の声とともに何事もなかったように一日の授業がはじまる。

窓の外には、昨日優菜が歩き去った道がまっすぐに田んぼの中に延びていた。

二.残春

春はどんどんすぎていく。

木々はめきめきと萌え立ち、昼間は半袖でも過ごせるくらいの季節になった。慌ただしくはじまった新学期も少しずつ落ち着いてきている。

今日は水曜日だが週の半ばということで、優菜は比較的楽な時間割を組んでいた。一時間目は国語、二・三時間目は生活総合科、四時間目は体育、午後の五時間目は学級活動だ。

午前の生活総合科は略して生活課と呼ばれ、学習したことを話し合ったりまとめたりする。葛ノ葉小学校の場合、学級、もしくは学年単位でさまざまな活動をすることになっていた。授業内容は学年会議で検討され、校外に出ることもある。

この春五年生では、「自分達の住む地域の産業を知り、体験してみよう」というテーマで、一ヵ月計画の単元学習を立ち上げ、最後の仕上げに実際に職業体験をする予定になっていた。これは五年生がここ数年春に実施している体験学習である。今日はその事前学習の一回目。

自分達の街にはどんな産業があるのかを調べ、どのように自分に関わっているか意見を出し合う。

校区以外の郡や市から通っている者も多い教師達に比べて、地元民たる児童達は地域の事情に詳しいはずだ。だが改めて授業で質問されるとうまく説明できないのが子どもなのである。産業と言われても、最初はなにを答えたらいいのか戸惑う様子だったが「じゃあ、お父さんやお母さんのお仕事を言い合ってみたら？」という優菜の問いをきっかけに、ぽつぽつと手が上がりはじめた。

「僕の父さんは隣の街の農協に勤めてるよ」

「じゃあ、俺の親父とどっかで会ってるかもな、ウチ農家だもんね」

「せんせぇ、俺の母さんスーパーのパートなんだけど、それも産業に入るんかなぁ」

「う～ん、皆の生活を支える存在だからそうね。大事な仕事だよね」

質問したのはクラスの人気者、横山健太《よこやまけんた》だ。そんな質問は予想していなかった優菜はとりあえず無難な返事をした。全く意表を突いてくれる。これだから、授業は気が抜けない。だが、子どもとのやり取りは楽しかった。

これまで優菜はこんな風に展開する授業が苦手だったが、児童達に主導権を与えた今回の授業はいい感じにまとまってきていると感じる。

キュキュキュ、とチョークが鳴り、書記役の女子がなかなか上手な文字で黒板を埋めてゆく。三分の二ぐらい埋まったところで、優菜はそろそろまとめようと立ち上がった。

「ずいぶん意見が出たね。書記の進藤《しんどう》さん、ご苦労さま。席に戻っていいですよ」

仕事とその役割を並列して書かれた板書をざっと見渡してみると、生産業的なものとサービス業的なものに分かれる傾向があった。概ね、地元の子どもの意見は前者、新興住宅地の子どもの意見は後者というのも興味深い。

「じゃあ、次は一度自分で体験してみたい職業ってなにかな？」

これも比較的すんなり手が上がり、記録を取ったところで授業終了の時間になった。これを元に、学年会議で授業に協力してもらえそうな企業や団体を選択する。校長名で依頼状も出さなければならない。体験学習は当日までの準備が大変なのだ。

しかし数年間続けて同じ学習をやっているので、ある程度は地域に理解されているし、すでに地元の農家や商店からも協力の申し出もある。

今日の授業はうまくいったなあ。新学期で浮足立っていた子ども達が共通の目標を持つようになってきた感じがする。

優菜は、体験学習が少し楽しみになってきた。児童が興味を持ちはじめたことが、授業から伝わってきたからだ。

突拍子もない職種は出ていないし、明日の学年会議でさっそく報告しなくっちゃ。優菜は授業終了の号令をかけ四時間目の体育に備えていそいそと教室を出た。

着替えて運動場に出ると、すでに体育係がコートの線を引いている。黄色っぽいグラウンドに半袖の体操服が眩しい。

今日はドッジボールをすることになっている。先週そのためのチーム分けを終えていた。準備体操とランニングを終えると、いよいよゲーム開始である。

ピーッ！　優菜の笛の合図でAとBの二チームに分かれ、ゲームがはじまった。

子ども達はドッジボールが大好きだ。大きな体格の子は強いボールを放るが的にもなりやすく、何回もコートを出たり入ったりしている。すばやく逃げまわる小さな女子もいる。皆すぐ汗まみれになり、大声を上げていた。

「おい！　今のはワンバウンドだろ？　陣地に残れ！」

「ええっ、ほんまにワンバンか？」

二試合したが、両方ともBチームの勝ちになった。二回ともAチームが全員当てられてしまったのだ。

「不公平よ〜、Aチームは休みがふたりもいるから先生こっち来てよ！」

Aチームの女子、小林麻子《こばやしあさこ》が声を上げた。

「ええっ？」

「そうだ！　それいいじゃん！」

「せんせぇ入って！」

「でも先生あんまり上手じゃないよ？」

「いいっていいって！　数のうちだから！」

あまり嬉しくない言葉と共に優菜はAチームのコートに引っ張っていかれる。

しょうがないなあ……。

しかたなく優菜はAチームでゲームに参加することにした。

Bチームはさすがに強い。Bチームの中でも特に体の大きい健太は的確に当ててくる。外しても勢いのあるボールは、コートの外にいる味方に拾われて投げ返され、また健太が投げこむ。そんな素早いコンビネーションで攻めてくるため、Aチームのメンバーはどんどん減っていった。

小柄な優菜は健太とほとんど同じ背丈しかないが、それでも女子の中では目立ち、よく狙われた。しかしフットワークがすばやく、逃げることは上手だった。

「せんせ〜、ずるぃ〜、逃げてばっかりやん！」

優菜に三度躱《かわ》された健太が文句を言う。

「いーや、逃げるのも作戦よ。ねえ？」

すっかり楽しくなった優菜は、数が減ってしまった自分のチームに訴えた。そうだそうだと声が上がる。

「さぁ、あと少し。皆ボール取ってね！　反撃しよう！」

その声に「わあっ！」と両チームから声が上がった。

その二日後。

優菜は沈痛な面持ちで午後の駅前通りを歩いていた。

学年会議で体験学習の協力してくれる商店の主達に、挨拶をする役目を仰せつかってしまったのだ。

優菜はため息をついて手にした一覧表を見つめた。商店リストの一番下。そこには「リカーショップ・トウキ」と示してあった。その酒店はトウキ、つまり先日偶然出会ってしまった、かつての同級生、冬木志郎の家が経営する店だったのだ。

……最後はここか。

優菜は駅前のロータリーの端に立ち、少し先にある商店街を覗き込んで呟いた。一番忙しい夕食の買い物どきを避けて来たので、春の日は沈みはじめようとしている。

気負わず、私は地域の小学校の代表として冷静に応対すればいいだけだ、と自分に言い聞かせた。

意を決して店に向かう。

「ごめんください。私、葛ノ葉小学校から参りました羽山と申します」

レジの店員に名乗り、用件を伝えると、奥にいる社長に言ってくれということだった。

それは想定していたので、奥にある「事務所・関係者以外立ち入り禁止」のプレートの提がったドアをノックして入る。

ドアの奥は小さな事務室で、八畳ほどの空間になっていた。壁の一面は全てアングル棚で、ファイルやカタログがぎっしりと並んでいるところは、小学校の職員室となんら変わりがない。壁際に置かれた三台の大きな事務机にはそれぞれ最新型のパソコンが置いてあり、さまざまな伝票やメモがコルクのボードに貼りつけられている。

奥のほうにさらにドアがあり、おそらくは倉庫に繋がっているのだろうと思われた。そこは薄く開けたままになっている。

事務室には誰もいなかったが、奥のドアの外で携帯の鳴る音が聞こえた。優菜がぎくりと身構えると、間もなく奥の扉が開き、中背の男性が入ってくる。

「あ、いらっしゃい。えーと小学校の先生で？」

「はい。羽山と申します。社長さんでいらっしゃいますか？」

「はい。冬木といいます」

よろしくお願いします、と差し出された名刺を優菜は受け取った。そこには『リカーショップ・トウキ　代表取締役社長　冬木悟郎《ごろう》』とある。顔が似ていることから志郎の兄と思われる。

「お忙しいところ申し訳ありません。体験学習の件でお願いに上がりました」

「はいはい、うかがっています」

そのとき、彼のポケットから携帯が鳴り出した。

「……あ、すみません、ちょっと待ってください」

優菜に断って悟郎は電話に出た。

「なんだ、お前……え？　ああ、うん……いらっしゃってるよ。それがどうした？　え⁉　十分待てって⁉　なんだよそれは？　うん……とにかく早く戻れ」

そう言って電話を切ると、悟郎は優菜にすみませんと頭を下げた。

「お忙しいのに本当にすみません」

「いいえ、商店街の会長から話は聞いてます。生徒さんを店で半日ほど受け入れたらいいんですよね？　数年前から、そんな授業を行っているとか」

「はい。体験学習です。会長さんにはさっきお会いしてきました。今年もできるだけ協力してくださるとのお言葉をいただいてありがたかったです」

「ええ、ウチもぜひ協力させていただきます。なんたって私も弟も、葛ノ葉小学校の出身ですからね。あ、弟は副社長で一緒に店をやっているんです。夕方はあいつのほうが店にいることが多いのですが、今日はいないので、今度、挨拶させますね」

「あ……ありがとうございます。授業の実施日は五月の三十一日で、こちらでは四人の児童に体験させていただきたいと考えています」

「男の子ですか？」

「男女ふたりずつの予定です」

「ウチは酒屋だから、商品を運ぶ仕事が多いです。商品には重いものもありますが、女の子に力仕事なんかさせていいんですか？」

「はい大丈夫です。ただ、万一のことがあってはいけないので、割れ物や高価な商品には触れさせないようにしてください」

「なるほど、なかなか気を使いますね」

「申し訳ありません」

　優菜は恐縮して頭を下げた。

「いや、僕のことではなく、先生のことを言ったんですよ。子ども達の管理というのは大変そうだ」

悟郎は理解ある微笑みを優菜に向けた。それはとても感じのいい笑顔だった。似ている人物とはかなり違うなあ、と感じる。

「管理というか……対応ですけれど。もし児童達の態度で目に余るようなことがあったら、少々叱っていただいても構いません。保護者にもそのようにお話しさせていただいているので」

「ははは、そうですか？　子どもを叱るのは見慣れているんですが……僕の弟も相当な悪ガキだったんで」

ええ、そうでしょうとも！

優菜は内心、大きく頷いたが、もうそろそろ話を切り上げる頃合いだと思った。それにもし、志郎が戻ってくるのなら、やはり会いたくなかったのだ。優菜は急ぐ振りをしてバッグからプリントを取り出す。

「お時間いただきましてありがとうございます。詳しい資料はもう少し日が迫ってから持って参ります。これは校長からの依頼書です……何卒よろしくお願いいたします。ではこれで失礼いたしま……」

そのとき、ドアが勢いよく開いた。目の前には志郎が立っていた。

「よぅ……」

彼はドアを塞《ふさ》ぐように突っ立って優菜を見据えると短く声をかけた。

「あ、こ……こんにちは。あの……それでは冬木さん、よろしくお願いします。私はこれで……」

優菜は志郎を見ずにぺこりと頭を下げる。それから振り返り、不思議そうにこちらを見ている悟郎にもう一度深々とお辞儀をすると、志郎の横をすり抜けようとした。

が、志郎はドアの前を退《の》こうとしなかった。体の大きな彼がドアの前に立ち塞がっているると外に出られない。

「なんだ、もう帰るのか？　なんか学校に協力しろって話を聞いてたんだけど？」

「あ……その件は今社長さんにお話をして許可をいただきました」

「そうか」

それでも志郎は退こうとしない。

「……なんでしょうか？」

優菜は問う。近くに立たれるとふり仰がなくてはならないほどの身長差がなんだか悔しい。

「もう五時半すぎだし……仕事は終わりだろう？」

優菜はぎょっとして肩を竦《すく》めた。

「なんだ、お前、この先生と知り合いか？　さっき電話でもなんか言ってたけど……」

悟郎がふたりの間に流れる微妙な空気を気にしながら弟にたずねた。

「そう。同級生なんだ。小学生のとき、羽山さんと一緒のクラスだった」

片眉を上げてこちらを見る志郎に、優菜は愛想笑いを浮かべて頷くしかない。悟郎は驚いていたが、すぐに納得したようだった。

「へぇえ、そうなんですか」

「はい。たまたまこちらでの勤務になったんです……では私、これから学校に戻らなくてはいけないので、失礼します。ありがとうございました」

悟郎のほうに向かってきっぱりと答える。しかし、志郎は気軽に頷いた。

「じゃあ、送るよ。軽トラだけどな。悪い兄貴、ちょっと行ってくるわ」

「ああ、わかった。しっかり先生をお送りしてこい」

壁のキーボックスから車のカギを取り外した志郎に、悟郎は上機嫌で頷いた。


なんでこんなことになっているんだろう？

白い軽トラックのベンチシートに志郎と並んで座りながら、優菜は何度も自分に問いかけていた。子ども達が世話になる商店主の厚意を、無碍《むげ》に断るのもよくないと思ったからではあるけれど。

ちらりと横を見ても、夕暮れの国道を見つめて運転している精悍《せいかん》な横顔があるばかりである。

「正門前でいいか？」

トラックは小学校へと続く道を走っていた。

「あ、いえ、もうここら辺で……」

「俺さ……大学は東京に行ってたんだ。少しは自立しようと思って」

唐突な話題に優菜はちらりと横を見た。

「……そうですか」

「でも、いつになっても自分はちっとも自立できてないって思うことが多いんだ。一応法学部を出たんだけど、結局家業を継ぐしかできなくて」

「……」

優菜は、返答に窮《きゅう》して黙った。

「東京ってさ、ここと違って空は狭いし、夕陽もちっさくて、あんま好きになれんかった。それにさ……」

「都会ってどこもそうですよね。あ、ここで結構です」

優菜は自分が少し冷淡だと感じながら、そう志郎に告げる。志郎は軽く頷き、正門の少し手前で車を停めた。

「お忙しいのにありがとうございました」

「このくらい、なんでもないよ」

優菜は軽トラックを下りて丁寧に頭を下げた。志郎が小さく手を振り、ゆっくりと軽トラックを発車させるとすぐ、優菜は校舎に向かって歩き出した。日が長くなったとは言え、六時にもなるとさすがに明るくはない。

職員室に戻ると、残っている職員はすでに半分くらいになっていた。本当はあのまま駅から直接帰る予定だったので残っている仕事もなく、手持無沙汰でなんとも情けない気分になる。学年主任の永嶋や、藤木の姿もない。彼らも今日は体験学習の依頼から直帰する予定だ。話し相手もいない。しかたなく、優菜は十分ほど無理やりファイルの整理をしてから帰ることにした。

優菜は残っている職員に挨拶すると再び校門を出た。

疲れたぁ……。

駐輪場に向かおうとして、今日は体験学習の依頼で商店街をまわる予定だったから自転車に乗って来なかったことを思い出す。ため息が出たが、駅までは早足で十分の距離だ。

優菜は門から伸びる一本道を歩きはじめた。一本道も二分の一くらいまできたそのとき。

「よう、もう終わりか？」

「きゃあ！」

道沿いの家の玄関からぬっと大きな影が出てきて優菜は肝を潰した。いつも驚かされてばかりだ。

「な……帰ったんじゃ……？」

「驚かせてごめん。ここん家《ち》はお得意さんの家で、ついでに御用聞きをしてたんだ」

見れば広いその家の駐車場に軽トラックが止まっている。優菜は驚きのあまり膝の力が抜けそうになった。一体なんのために嘘までついたのだろう。

「家まで送る」

「大丈夫です」

「じゃあ、言い方を変える。送らせてくれ」

優菜はがっかりしている自分を悟られまいと足を踏ん張った。

「ごめんなさい。でも、私のことは放っておいてください」

「キツいな」

優菜の言葉に志郎は視線を落とした。その横顔を玄関灯が照らしている。

「羽山さんが俺を嫌うのも、もっともな話だけどな。でも少しだけ話がしたいんだ」

嫌だと言おうとしたそのとき、門扉近くの会話が聞こえたのか、脇戸を開けてこの家の主婦が怪訝そうに顔を出した。

「あ……すみません」

揉《も》めていると思われてはならない。自分達は教師と商店主なのだ。優菜は作り笑顔で会釈し、足早に立ち去ろうとしたが、志郎に腕を取られて軽トラックに放り込まれる。声を立てられないのが悔しい。エンジンがかかると、軽トラックはゆっくりとした速度で駅へと走り出した。

「この道はそんなに昔と変わんねえだろ？」

志郎は前を見たままそう言った。少し先の駅とその周囲の街のずっと向こう、正面に広がる山の稜線は、暮れはじめた空よりも深い青に見えた。

「この道のこと覚えているか？」

「さぁ？」

優菜の返事は短い。

だが――。

優菜はこの道をよく覚えていた。小学校の正門からまっすぐ伸びるこの道。あの頃はまだ舗装《ほそう》されておらず、雨が降るたび轍《わだち》に大きな水溜まりができたものだった。

「昔はもっと視界が広かったんだが……今は田んぼがどんどん住宅地になって……」

そう。学校が終わると子ども達は皆、一斉に正門からこの道に飛び出し、笑いさざめきながら友達と並んで帰っていった。しかし、自分にはそんな思い出はない。いつもたったひとりで家路を辿った。連れ立って歩く級友達を横目に、ランドセルは重く、道は遠かった。時々、走り去る男子達に背中を押されたりもした。それが志郎だったかまでは覚えていないが、あの頃のつらかった思い出は、全てこの人に繋がっているような気がする。

「いつの間にこんなに家が増えたんだろう。毎日見てるとわからなくなるな」

優菜は頑固に前だけを見ていた。もうじきのんびりとした春の陽も落ちて、宵闇が辺りを包むだろう。

「ええと、この辺りだったか？」

のろのろと進んでいた軽トラックが停まり、すばやく運転席から飛び降りた志郎が、前をまわって助手席のドアを開けた。

「降りて」

「え？」

ドアを開けて覗き込む志郎に驚いて優菜は身を引いた。だが、腕を取られ、すとんと車から降ろされてしまう。

「な、なに？」

「すまん。でもここで降りてほしい」

わけがわからないまま、優菜は車を降りてまわりを見渡した。

その辺りは並んでいた住宅が切れて広々とした空間が広がる一帯だった。道の両側は一面の水田。もうすぐ田植えが行われるはずだが、今は田起こしの時期なのだろう。水が張られた田んぼに赤い空が映っている。

「ここは……？」

「小学生の俺達が最後に会った場所だ。ここだけ土の道が残っていて古い用水路がある」

「……え？」

思いがけない言葉に優菜は、はっと志郎を見た。がっちりと目が合う。

言葉もなく優菜は志郎を見つめる。落ちかかる夕陽を受けて志郎の顔の影が濃い。

「あの頃は皆ガキで、中でも俺は特に姑息なやり方でお前のこといじめてた」

「……」

「……卑怯だった」

志郎は静かにうなずいた。

「正直に言うと、昔、ここにいたとき、私はあなたのことが大嫌いでした」

「だよな。当たり前だ。俺だって昔の自分を許せない。でもお前が行ってしまってから、ずっとなにかが刺さったままなんだ」

訥々《とつとつ》と語られる言葉に優菜は黙って耳を傾ける。

「だから今は謝らない。謝る資格もない。そんなことしても自分の気を済ませるだけで、お前が受け入れてくれるとは思えないし……」

「お前？」

さっきから何度もそう呼ばれている。志郎と自分との間に線を引く意味を込めて、優菜は短く言い返した。

「悪い……羽山さん。あの日さ」

志郎は素直に言い直した。

「あの日？」

「うん。その、最後に会った日。俺はこの道の上でこてんぱんにやり込められた」

「ええっ⁉」

優菜は思わず声を上げた。

「そんなことしてない！　あのときは冬木君がサボリとか言ってくるから言い返しただけ」

言ってから優菜はしまったと思ったがもう遅い。

「覚えていたんだな」

志郎はにやりと笑った。

「やっと俺の名前を呼んでくれた」

「……」

志郎にしてやられたような気がして優菜は目を逸らした。

本当は優菜も忘れてはいなかった。長い間、記憶の底にしまいこみ、鍵をかけてあったのだ。

あの日。雨上がりのすばらしい夕焼け空。まっすぐ伸びる泥んこの一本道。自転車の少年と交わした短い言葉。

「あのときは羽山さんが学校に来なくなるなんて思ってもいなかったから」

言いよどむ志郎の眉根に一瞬深い皺《しわ》が刻まれる。

「だから……凄い時間がかかってしまったけど、あのとき言いそびれたことを俺は今、言いたいんだ」

「言いそびれたこと？」

「ああ。サボリだなんて思ってなかった。本当は、明日は学校に来いよって、そう言いたかった……」

「……」

「学校に来てほしかった。そう思ってたのに言えなくて、長い間抱え込んでたんだ。馬鹿だろ？」

「……」

「だけど、おま……羽山さんはこの学校に戻ってきてくれた」

「好きで来たわけではないです。葛ノ葉小に赴任したのは偶然辞令がここにおりたからで、私に選択権はないんです」

「うん、わかってる。けど、俺は……」

優菜は相手の気持ちを挫《くじ》くように冷たく言ったが志郎は引くつもりはないようだった。

「……許してくれなくってもいい。でも、これだけ言わせてほしい」

志郎は一歩前に出た。

「嫌ったままでもいい……けど、無視しないでくれ」

「無視？」

「俺とまともに目を合わせてくれてない」

そうだっけ？　と優菜は首を傾げた。

「……なんでそんなこと言うんですか？」

「俺にもよくわからない……けど……」

「別に無視は……」

してないとは言い切れなかった。昔の記憶のせいで、何度大丈夫だと言い聞かせても、志郎に対する苦手意識をぬぐいきれないのはたしかだ。それは優菜がいつまでも過去に囚われているということだろう。

「ええ……おっしゃるとおり、私には以前の蟠《わだかま》りがあるのかもしれません。でも、これからは社会人として普通に接していきたいと思います」

優菜は努めて事務的に言った。

「……ありがたい……ありがとう」

志郎は本当に嬉しそうに頭をさげながら言った。

「私も……冬木さんがあのときのこと覚えていたなんて、全く思っていなかったから……びっくりしたけど、なんていうか、そんなに後悔していたってわかって少し気が済んだ気がします」

自分だけが固く冷たいしこりを胸の奥にしまっていると思っていたが、そうではなかったのだ。過去と今の感情が交錯する不思議な感覚の中に優菜は立っていた。

「だけど！」

優菜は志郎を見据えた。

「昔のことはこれ以上話したくないです。とりあえずは今度の体験学習の件、よろしくお願いします」

優菜は平坦に言って頭を下げた。

「それでいいよ。楽しみだ」

顔を上げると志郎が少し笑っている。目尻に皺の寄った笑い顔は少し切なそうで、優菜は自分のほうがいじめっ子になったような気がした。

「うん……それでいい。遅くなって悪かったな……帰ろうか」

「はい……」

帰ろう——志郎はとても自然にそう言った。かつて誰とも一緒に帰ったことがなかったこの道。なのに今、優菜は一番嫌いだった少年と帰り道を共にしようとしている。あの日ほどではないが、今日も美しい夕映えが空を覆い、辺りを暖かく染め上げていた。

茜色の道の上。

髪を揺らす晩春の風はぬるい。夏はもう目の前までやってきていた。

三　立夏

「お世話になっております」

通行の邪魔にならないようにアーケードの脇に自転車を停め、優菜はリカーショップ・トウキの店先に立つ店員に挨拶をした。

午前中の商店街は比較的空いているとはいえ、駅のロータリーにほど近いこの大きな酒屋は、いつも人の出入りが多い。広い店先には特売品の品物が種類別に並べられ、脇にはさまざまな飲料のケースがうず高く積まれていた。そしてその間を動きまわる小さな影が見える。

五月最終週の金曜日。曇り空の蒸し暑い日で、すでに十軒近くの商店をまわってきた優菜は額にじんわりと汗をかいていた。

「あっ、せんせぇ〜、いらっしゃ〜い！」

子ども達が優菜に気づいて、声を上げた。四人とも一人前に店のロゴ入りエプロンをして軍手をはめ、すっかり店員になりきっている。

今日は、体験学習の当日なのだ。

「俺達頑張ってるよ？」

クラスの体育委員でもある横山健太が大きな顔に一杯の笑顔を見せた。

「大丈夫？　お店にご迷惑をかけていませんか？」

「大丈夫、大丈夫。俺なんか、ビールのケース何回運んだと思う？」

「アタシはここの商品全部キレイに並べたんよ」

心配して声をかけた優菜に次々に元気な声が返ってくる。この店に来たのは男子二名、女子二名、いずれも新興住宅地の子ども達だった。

「お客さんはたくさん来る？」

「はい、結構来ました」

優菜の問いかけに小柄な竹中渉《たけなかわたる》が真面目に答える。

「竹中君なんか、お母さんが心配して来たんだよね～。ビール三ケースも注文しちゃってさ。そのあとも近くでウロウロしちゃって……」

同グループの小林麻子がちゃっかり報告する。この少女も横山と同じ体育委員だ。

「そうなの？」

「うわ！　言うなよ～」

渉は真っ赤になって困っていた。どうやら彼らなりにうまくやっていると見てとった優菜は、安心させるように頷き返す。

「はいはい。ご苦労さま。ちゃんとお店の役に立てているのね。でも、今日はお仕事だからね。しっかり働いて、人や物をよく見て、よく考えて。午後は感想文と活動内容を書いてもらう予定です」

他の場所で活動している児童達にも与えた注意を繰り返して、優菜は子ども達を励ますように微笑んだ。

「はい！　頑張りま～す」

「あ、そのケース俺が持ってやるよ」

「うわぁ横山君、やっさし～」

優菜に応えるように子ども達は、張り切って作業に戻っていった。

「皆頑張ってくれていますよ。元気がいいし、可愛いし」

おそらくパートの店員であろう、店頭のレジに立っていた中年の女性がにこにこと優菜に応じた。

「あ、ありがとうございます。どしどし使って下さいね」

この店で優菜が担当する見まわりの店は最後となる。今日は午前中いっぱいを使って九十名あまりの五年生全員が、体験学習をするために広い校区中に散っている。だから、優菜達、五年生担当者はそれぞれの地区に分かれ、子ども達の様子を見に朝から走りまわっている。車を使う藤木や永嶋は、農家や町工場をまわってくれているので、自転車通勤であり、赴任してまもない優菜は、比較的学校から近い駅前商店街を担当していた。

「それであの……社長さんにご挨拶したいのですが、中にいらっしゃいますか？」

「ああはいはい。さっき出先から戻って来たと思いますよ。副社長もいます。奥のドアからどうぞ。あ、いらっしゃいませ」

店員はレジの台にカゴを置いたお客に対応しはじめたので、優菜は急いでその場を離れた。副社長はともかく、社長の悟郎にはきちんとお礼を言いたかった。

「……失礼します」

躊躇《ためら》いがちなノックと共に優菜は事務所に入った。

「やぁ、いらっしゃい」

「よぉ」

ふたつの声が重なる。

社長とその弟の副社長が事務所の作業机に向き合って座っていた。ふたり同時に優菜のほうを向く。

「こんにちは、葛ノ葉小学校の羽山です。朝から子ども達がお世話になっております」

優菜は丁寧に頭を下げた。

「ああ……ご苦労さまです。よくやってくれているようですよ。最初は声が小さかったけど、さっき見たら大きな声で『いらっいしゃませ』って言ってました」

悟郎がほがらかに説明した。

「特に男の子達は率先して荷物運びしてくれます」

「ああ、あの身体の大きなヤツな。横山とかいう男子。あいつ見込みありそうだ」

カーキ色の上下揃いの仕事着を着た志郎が立ち上がって近寄ってきたので優菜は思わず一歩退いてしまった。

「そうでしたか、ありがとうございます。もうしばらくご迷惑をおかけします。十一時半までですので、時間になったら声をかけてやってくださいますか？」

優菜はふたりに向かって頭を下げた。

「はい、承知しました。それまでしっかりお預かりします。ご安心を」

「ありがとうございます。ではよろしくお願いいたします」

悟郎の頼もしい言葉に、優菜はもう一度礼を言って、その場を辞去した。

「おーい」

事務所を出た優菜の後を、のんびりとした声が追いかけてくる。優菜は、ほんの少し警戒しながら振り返った。

「今夜空いてるか？」

怪訝そうな顔をしている優菜に、志郎はすばやく囁く。

「六時すぎにあの場所で待ってる。時間は取らせない」

「……え？」

それだけ言うと、志郎は背を向けて机に向かっていった。

「……では次は、商店街の報告を。羽山先生？」

永嶋が優菜のほうを見た。今日は二週間に一度の学年会議の場で、主な議題は体験学習の報告である。

「はい。商店街では一番多くの児童が体験をしましたが、特に混乱はなかったようです。一軒に四人という人数配置も妥当だったと思われます。商店は比較的やることがわかりやすいので、ほとんどの児童は店の人の指示を受けて真面目に活動できたと聞いています。あ、一件。鮮魚店に行った、三組の寺井《てらい》君が魚のエラで少し指を切ったそうですが、店の人が処置してくれました。もちろん、そのあと生鮮食料品には触れさせなかったということです」

「寺井か……あいつは元気だけど、おっちょこちょいだからなぁ」

教室内にくすくす笑いが満ちた。学校には会議室がないため、打ち合わせや会議などは多くの場合、普通教室が使用される。五年生の会議の場所は学年主任の永嶋が担当する一組の教室だった。

「それで、後半は販売から離れて、もっぱら呼び込みをしていたそうです」

くすくす笑いが大笑いに変わった。

「ははは！　あいつは声がでかいから！　店の人もよく見てくれてたんだなぁ」

寺井の担任である藤木が一番大きな声で笑った。

「はい。道行く人一人ひとりに声をかけてまわるので、すっかり人気者になったそうです。特にお年寄りに喜ばれて売り上げに貢献したそうですよ」

「たしかにあいつは接客業に向いていそうだわ、愛想いいし。座学はいまいちだけど」

「こら、藤木先生。褒めたあとにけなすのはよくないわよ」

永嶋も笑っている。準備を重ねてきた行事が無事終了し、会議にほっとした雰囲気が流れていた。一学期の大きな行事がまたひとつ終わった。初夏を迎えた外は明るく、校庭には球技に興じる児童達の姿が見えた。

「えっと、ひとつ気になることが……」

おずおずと優菜が言い出した。

「なに？　羽山先生」

「今回の体験学習では、おおむね児童の希望どおりに体験場所を割り振りましたが、人数の関係で希望どおりにいかなかった子もいます。そういう子の意見も、もう少し聞けたらと思うんですが……」

「なるほど。ウチの女子の一部も最初ぶーぶー言っていたな。でも受け入れてくれる体験場所には限りがあるし、それぞれの事情があるから、全て希望どおりにとはいかないなぁ。あと、仲良しグループの子たちはあえて一緒にならないように割り振ってるし……」

藤木が考え込んでいる。

「うん、それはそうです」

永嶋も頷いた。

「仲良しグループで行くと、おしゃべりばっかりで、態度があまりよくなかったと前年度の反省にもあるから、それはしょうがないかも」

「そうですね……今年から男女混合グループにしましたが、これはよかったですね」

藤木がうなずきながら言った。

「はい。お互い、異性にいいところを見せようと張り切っていた様子がうかがえました」

優菜も見てきた感想を述べた。

「では、今回の体験学習はおおむね成功したということで……提出された感想文にも前向きな意見が多かったようですし。この案件はこれで終わりにしますね。羽山先生、今回の記録を綴じてファイルしておいてください。次は六月の土曜参観について……」

学年の会議は話すことが多く、いつも長引く。主任の永嶋が滞りなく案件を進めたが、会議が終わったときには初夏の陽も傾きかけていた。

職員室に戻った優菜は、ざっとファイルを見直して今日のできごとを思い返した。

やっぱり、希望が叶えられなかった子はかわいそう。やる気は充分だったのに……残念そうに見えた。私の決め方が悪かったのかもしれない……このことも記録しておこう。できたら二学期にもう一度やれたらいいのに……せっかく頑張ったのに一度きりなんてもったいない。次にはもっとうまくできるだろうし……。

そう考えながら時計に目をやると、五時をまわっていた。

『あの場所で待っている』、志郎は今日、たしかにそう囁いた。

どういうつもりなんだろう……。

優菜は眉を顰めてファイルを閉じた。

あの場所とは、昔の道の名残があり、古い用水路が流れている道のことだろう。

だが、彼の目的がなんなのか、優菜にはさっぱりわからなかった。

「羽山さん？」

余程妙な顔をしていたのか、前の席から藤木が不思議そうに優菜を見ていた。

「あ、いえ、なんでもないです」

優菜は慌てて笑顔を作ると、小さくため息をついて今日集めた感想ノートの点検に取りかかる。

「なんだか顔が険しいよ。疲れた？　よかったら話を聞くけど」

「少し疲れたけど大丈夫です。初めての体験で緊張したんだと思います」

「羽山さんはなんでも抱え込んじゃうからな。俺のことも少しは頼りにしてほしい。これでも先輩なんだから」

「凄く頼りにしてますよ」

藤木の言葉に如才《じょさい》なく答え、優菜は再びノートに目を落とした。今度こそ集中しようと赤ペンを握りなおす。

ノートは皆よく書けていた。達成感があるのか表現が生き生きしている。自分も疲れたなんて言ってられない。この感想文にしっかり返事を返してあげなければ。

ようやく三十冊のノート点検を終えると。六時半だった。ロッカーに記録ファイルを放り込み、ついでに校門を見渡せる窓辺に立った。通学路でもあり、優菜の通勤路でもある、まっすぐに伸びた一本道が見える。道は駅の方角へと伸び、街並みを越えてさらに宵闇の色に染まる山々に続いている。

車は……見えないな。

目を凝らしても路上に白い軽トラックは見えなかった。待ちくたびれて帰ったのだろうと優菜は考えた。

優菜は手早く荷物をまとめ、同僚に挨拶をして学校を出た。曇天だったので夕焼けは見られないが、気持ちのいい風が夜の香りを運んでいた。昼間は蒸し暑かったが、外に出ると涼しい。駐輪場から自転車を引き出すと、優菜は強くペダルを踏みしめた。

彼に会いたいのか、会いたくないのか、自分でもよくわからなかった。


「羽山さん！」

黄昏の風が吹く中、ゆっくりとこいでいた自転車の後ろからいきなり声をかけられ、優菜は驚いて振り返った。

ほとんど駅前と言ってもいい、ロータリーに入る手前の道。優菜の思っていた「あの場所」からは離れたところである。

「ごめん。さっきまで待っていたんだけどあそこじゃ目立つし、この道を通るだろうと思ってここで待ってた」

「ただの帰宅途中ですから」

「いつもこのくらいの時間に帰るのか？」

志郎はたずねた。優菜は自転車に乗ったままだが、長身の彼に見おろされると圧迫感がある。

「これでも早いほうなんです。あの、今日は子ども達がお世話になり、ありがとうございました。なにかご迷惑でも？」

「や、別にどうということもないんだが……今日ちょっと気になることがあって、先生に言っといたほうがいいかなって思ったんだ。ま、立ち話もなんだから、どっか行こうぜ」

体験学習のことなのだろう、と志郎の口調から優菜は感じた。

「……それで、気になることってなんでしょう？」

リカーショップの奥の事務室。体験学習の依頼のときと今日の午前中にも訪ねたから、ここに入るのは三度目である。奥に置かれた応接セットのソファに浅く腰掛けた優菜の前に、志郎は冷たい缶コーヒーを置いた。

「缶で悪い。俺はコーヒーとかそういうもん、うまく淹《い》れられないから」

立ち話で済ませてしまいたいところだったが、店先で彼と話し込んでいたら、人目に立ってしまう。学校関係者や、酒屋の客として保護者がいつ通りかかるかわからないのだ。かといって近所の喫茶店でもまずいだろう。「飯でも？」と誘われたのを断り、仕事の話なら店の事務所で、と優菜は提案したのだった。

すでに店は品揃えを夜のシフトに切り替えている。つまり調味料やジュースよりも酒類や、おつまみにもなる菓子などが店頭の大部分を占めていた。レジ係も午前中に見たパートの女性の姿はすでになく、二十代前半らしい男性に替わっていた。数人の従業員達が立ち働いている。

「お構いなく……それでなんですか？」

出された缶コーヒーには手をつけず、優菜は答えた。

「いや……余計なお節介かもしれないけど、今日のアレ」

「体験学習のことですね？　アンケート用紙に書けない内容ですか？」

仕事の口調で優菜は問い返した。

「ああそれ。すまん、ああいうの書くの苦手で……でさ、俺は学校のことは専門外だけど、今日のは結構いい企画だったと思うんだ。俺達の時代にもあったらいいと思ったくらい。でも聞いた話では年に一回きりだっていうじゃないか」

「はい、そうです。たしか数年前から五年生で取り組んでいるって聞いています。いろいろ試行錯誤して今の形に落ち着いたらしいですが」

「俺は授業のことはよくわからないけど、あいつら、結構真剣にやっていたと思う。たった二時間ちょいのことだったけど、どんどん慣れてきて、特に最後のほうのチームワークはなかなかのもんだった」

活動の巡回時は、営業中ということもあり店員から話を聞く余裕がほとんどない。だから、アンケート用紙を配って後日回収ということになっている。

「……そうでしたか？」

志郎の話に興味を持って優菜はたずねた。

「うん。初めはたしかに戸惑っていたし、全然動けないでいたな。俺だって最初は面倒くさいなと感じてた」

「……はい」

「けど、そのまんまじゃ得るものがないんだろ？　だから最初は接客じゃなくて、商品を運ぶとか並べるとか、目に見える仕事を与えたんだ。そうしたら案外きちんとやる。それで褒めてやると気持ちもほぐれたのか、次はなにしたらいい？　とか聞いてくるんだ。だから俺ももうあんまり気を使わないで、バイトに指示を出すように、普通に言ってやるとだんだんと動きがよくなった」

「へぇ～」

「そのうち、女の子が俺達を真似て、お客に『いらっしゃいませ』とか言い出してさ。これには俺もちょっと驚いた。こっちがなにも言ってないのに自分から挨拶ができたんだ」

「それはたぶん小林さんだわ」

優菜は頼りになる体育委員、麻美を思い浮かべた。

「そうそう。髪の短い子」

「ええ」

「そんでだんだん解《ほぐ》れてきたんで聞いてみたけど、あいつら皆、若宮台の子らだって？

それは意図的に選んだのか？」

若宮台というのは新興住宅地の地名である。子ども達の希望もあったが、この商店街には地元の人が多いので、交流にもなるだろうとあえて新興住宅地の子ども達を配置したのだ。それは、この体験学習が断絶しがちな地元の人々と、新興住宅地の人々を結びつけるひとつのきっかけになればと、学年の企画会議で話し合って決めたことだった。

しかし、志郎がそこまで考えたとは思わなかった優菜は驚いていた。

「ええ……そう。地域を知ろうというのが単元のねらいのひとつだったから……サラリーマン家庭で核家族の多い地域の子ども達に、一家でお店を切り盛りしている商店街の様子も知ってほしかったというのもあって……」

「そうか、なるほど。やっぱり先生達もいろいろ考えているんだな。聞いたら、夕飯はほとんど母親とふたりだけで食べてる家の子がふたりいた。共稼ぎの家もあるし。平日に親が……特に親父が家にいて店をやってるなんて、皆びっくりしてたし」

「う〜ん……」

子ども達は普段は教師には見せない顔や、しない話を志郎にはしたようだった。子ども達の反応の素直さにも驚いたが、協力者である志郎もそのように感じていたことに優菜は感心してしまった。

「最後は結構役に立ってくれた。そんで、あいつら学校に帰る前になんて言ったと思う？」

「なんて言ったのですか？」

思わず優菜は身を乗り出して志郎にたずねた。

「これから缶ジュースを飲むたびに、ワンケースの重さを思い出すだろうってさ。へぇ、なるほどなって俺は思ったんだ」

「……そんなことを？」

そんなことを言うのは健太だろうか？

優菜はこの店で体験したメンバーのことを思い出していた。たしか感想文には、「お店は力仕事が多く、大変な仕事でした」と綴っていたはずだ。作文としては真面目な文章だが、実際にはこんな風に感じていたのだ。面白い。子ども達の本音をもっと聞きたかったと優菜は思った。

「ああ。面白いなって思った。きっと正直な気持ちを言ってくれたと思うんだ。二学期にもう一度やったりできないのか？　次はもっとうまくできると思う」

「う～ん、それはなんとも……こちらのお店は好意的に受け止めてくれたかもしれませんが、そうでないお店もあるかもしれません。地域の役割として、年に一度のボランティア活動だと、割り切ってやってくれている人達もいるでしょうし。第一、年間行事計画に今から割り込むのは難しいと思います。よほど強い保護者の要望があれば別かもしれないけど……」

今日の子ども達の様子を見て、同じことを考えていた優菜も真剣に答える。

「ふ～ん、そういうもんか。絶対いいと思ったんだけどなぁ。やっぱり大変だな、先生っては」

「はい。大変なんです」

　ふっと優菜は笑った。おかしい。仕事の話なのに面白い。終わったばかりの体験学習だが、別な切り口が見えてくる。これは学年会議に報告したほうがよさそうだ。優菜は志郎が見つめていることに気づかずじっと考え込んでいた。いつの間にかテーブルに置かれた缶コーヒーが汗をかいている。

「……すっかり先生だな」

　穏やかな呟きに優菜ははっと顔を上げた。少しぼんやりしていたようだ。もうこの話は切り上げよう、思いがけず興味深い話も聞けたし。

　だが、立ち上がろうとする優菜の気配を察してか、志郎が再び話を向けた。

「楽しいか？」

「え？」

「だから、仕事が」

「あっ、ああ……楽しい……です」

「へぇ。子どもが好きか？」

「ええ……はい」

　優菜は素直にこくりと頷いた。

「子ども達のお話、とても面白かったです。貴重なご意見ありがとうございました。学年

ングだ。


「会議に伝えておきますね」

話の方向が変わったのを察し、優菜は事務的な口調で言った。ここが腰を上げるタイミングだ。

「ではこれで失礼します。コーヒーごちそうさまでした」

「飲んでないじゃないか」

「あ……じゃあ、いただいて帰ります。ありがとうございます」

コーヒーをトートバッグに入れながら優菜は立ち上がった。

「俺も、もう上がりなんだけど……送ってくよ」

「……いえ、自転車ですから大丈夫です」

この間は成り行きで家の近くまで軽トラックで送ってもらった。でも今日は自転車だ。

優菜が帰る意思を伝えるため、バッグを肩にかけたとき。

「こんばんは～。シロちゃん、いるんだって？」

事務所のドアが開いて勢いよく若い女性が入ってきた。

「あれ？　お客さんだったの……失礼しました」

女性は可愛らしく会釈をした。巻き髪が揺れ、ピアスが蛍光灯の光を弾く。

優菜はすぐに思い出した。彼女はこの春先、志郎に再会したときに横にいた女性だ。たしか田端依子と名乗っていた。おそらく恋人なのだろうと想像する。

「こんばんは」

優菜を見た大きな瞳が訝るように細められたが、すぐに思い出したように見開かれる。

「こんばんは、えっと、たしか……羽山さんだったよね？　シロちゃん、羽山さんがなんでここに？」

声がほんの少し固さを帯びた。

「ああ、今日な、小学校の体験学習があって、うちの店も協力してて、その関係で」

「体験学習？　なにそれ？」

依子は優菜にではなく、志郎にたずねた。

「ええと、授業の一環で、学校ではできない職業体験をするんだそうだ。そうだろ？」

「はい、今日はお世話になっていました」

志郎があからさまに話を振ってきたので仕方なく応じたが、帰るタイミングを逸してしまい、優菜は困惑していた。このふたりの間に立つなんて、居心地が悪すぎる。

「へぇ～、そんなのがあったんだ……そういえば学校の先生だっけ？」

「……はい」

「へえ～、凄い。羽山さん真面目そうだし、ぴったりだよね。誰かこっちで知り合いがいるの？」

「いいえ。元々縁の薄い土地だし……たまたまこの県で採用試験を受けたら合格して、こちらの勤務になっただけで」

「そうなんだぁ。あ、でも、シロちゃんのことは覚えてるよね？　昔いじめられてたもんね。よく言うじゃん、いじめた子は覚えてなくても、いじめられた子は忘れないってさ。ごめんね？　彼女の私から謝るね」

「お前が謝ることじゃないだろ！」

志郎は不愉快そうに言い返し、優菜はますます居づらくなった。志郎のほうにつめ寄り、腕を絡める依子から目を逸らしバッグを抱え直す。

「では、私はこれで失礼します。今日は本当にありがとうございました」

依子に会釈をし、志郎にもう一度礼を言ってから優菜は席を立った。

「ああ……すまん。また覗いてくれ」

しょうがないというように志郎が肩をすくめながら言う。一瞬だけ志郎と目が合った。

「さようなら」

後ろ手にドアを閉じる。

店を出るとすっかり陽が落ちていた。踏切を渡ったところで自転車のライトを点灯して田舎道を急ぐ。

誤解されないうちに出てこられてよかった……。

依子とは同学年だったらしいが、いくら思い出そうとしても記憶に浮かんでこない。見た感じでは気の合うところは少しもなさそうだから、遠巻きに自分を笑っていたひとりなのかもしれない、と優菜は思った。あの頃の思い出のほとんどは嫌なことばっかりだった。その中心に志郎がいた。

もうすぐ優菜の住むハイツへと曲がる道だ。この辺りは車も街灯も少なく、自転車の弱いライトが行く手を照らしている。

空は昔から変わらないなぁ。

自転車を走らせながら優菜は空を見上げた。

夜空にそれほど星は見えないが、それでも都会より多くの小さな光が瞬く空は広い。

優菜は不意に、かつて見上げた冬の夜空を思い出した。あのときは悲しくて悔しくて、とてもまっすぐ家に帰ることができず、ひとり田舎の道をさまよい歩いたのだった。

散々だった五年生の聖夜のできごと。


教会のクリスマス会は初めてだった。

以前から本の挿絵などで外国のクリスマス風景に憧れていた優菜は、近所に新しく建ったカトリック教会が、小学生以下の子どもを招待してくれるという話を聞いて、密かに楽しみにしていたのだ。普段、あまり優菜を構ってやれない彼女の母親も、自分の服を直したよそ行きを着せてくれるという。

そして待ち焦がれた二十四日。クリスマスプレゼントにと母が買ってくれた青いサテンのリボンを長い髪に結ぶと、幼い優菜は胸を高鳴らせて出かけた。

結果、あんなに憧れたクリスマス会はつらい思い出となった。パーティの中盤でシスターがケーキをふるまってくれたのだが、ケーキを皆に配る係は志郎だった。彼はにやにやしながら優菜にケーキがのった皿を差し出しながら、わざと躓《つまず》いたのだ。床の上に落とされ無残にひしゃげたケーキ。それと一緒に優菜の心も潰れた。

拳を握りしめ、ひたすら志郎を憎いと思った。

まわりのからかう声にも優菜は頑《かたく》なに顔を上げなかったから、潰れたケーキの向うに立つ少年がどんな顔をしていたかは知らない。

「かわいそ〜。シロちゃん、ひど〜い」

走り去る優菜の後ろから楽しげにはやし立てた女子は、依子の声に似ていたかもしれない。くすくすと笑う声が優菜を追いかけてくる。

そのまますぐ家に帰ってしまうと、どうしてそんなに早く帰ってきたのか母親にたずねられるかもしれないので、誰もいない道を選んでひたすら歩いた。十二月の寒さは苦にならなかった。心は荒れ狂い、頬も鼻も耳も冷たかった。涙が零《こぼ》れそうになると夜空を見上げて堪《こら》えた。それでも幾筋かは頬を伝い落ちたことを覚えている。

見上げた梢の向こうの夜空は深くて暗くて、星だけが自分を見守っていた。

冷たい鼻先を空に向けて優菜はひたすら空を見ていたのだった。

「あ……あれ？」

目に入ってきたものは星空ではなく、自分の部屋の白い天井だった。窓を閉めてあったせいで室温は高く、薄い上掛けは腰の辺りまでずり下がっている。

快晴の土曜日だった。

昔の夢を見てたんだ……。

優菜は大儀そうにまとわりつく髪をかき上げる。もうすぐ入梅だと昨夜のニュースで言っていたが、たしかに二、三日前から少し蒸し暑くなってきたようだ。

「九時か……起きないと。でも、なんであんな昔の夢を見たんだろ？」

季節だって今と全然違うのに、と優菜は大きくため息をつく。重苦しい気分だった。昨日の疲れが残っているのか、体が重い。

優菜はベッドの上に無理に起き上がった。

今朝はよく晴れている。ベッドに膝をつき小さな出窓を開けると、存外爽やかな風が滑り込んできて、プリント模様の薄いカーテンが笑うように揺れた。

こういう日に家に閉じこもっているのはよくない。前から行きたかった図書館に行ってみようか、それともただ散歩をしようか、考えながら優菜は着替える。とりあえず朝食をしっかり食べようと、キッチンに向かった。食パンを焼いている間にポーチドエッグを作って、プチトマトを添えると簡単な朝食のでき上がりだ。たしか野菜ジュースがあったはずだと冷蔵庫を開けると、昨日志郎からもらった缶コーヒーが目に入った。

優菜は普段あまりコーヒーを飲まない。職場で薦められれば口にはするが、自分から飲もうとは思わない。寝つきが悪いほうなので、夕方以降は絶対に飲まないようにしている。昨日の夕刻、志郎から出された缶コーヒーを飲まなかったのはそういう理由もあったのだ。

夢見が悪かったせいでしっくり覚醒していないこともあり、優菜はめったに飲まないそれを手に取った。よく冷えた缶コーヒーを行儀よくグラスに注ぐ。ひと口飲むとほどよい苦味が体に染み渡り、背骨がピンと張るような感じがした。それは快い感覚だった。

案外美味しい。朝にならいいかも。

幾分気分がよくなった優菜がたっぷりとバターを塗り、ポーチドエッグをのせたトーストにかぶりついていると、自宅の電話が鳴った。珍しいことだ。土曜の朝に電話をかけてくる人物の見当がつかないまま、ディスプレイを確認すると意外なことに職場からだった。なにかあったのかとにわかに不安になりながら受話器を取る。

「はい、羽山ですが」

「あ、羽山先生？　俺です、藤木。おはよう。休みなのに悪いね。今学校なんだけど」

藤木は三組の担任で優菜より五年先輩だが、休日なのに朝から出勤しているらしい。

「おはようございます。藤木先生こそ、土曜日なのにお仕事ですか？」

「ああ。俺、今日中に来週使うプリント作ろうと思って朝から来てたんだ……で、さっき電話があって、俺が出たんだけど、それが二組の保護者からだったもんで」

「え！　ウチのクラスの保護者？　誰ですか？　なにかあったんですか？」

急に体に緊張が走り、優菜は早口でたずねた。

「いや……別にたいしたことはないと思うんだけど、ね。竹中渉なんだ。あそこの母親から電話がかかってきた」

「竹中君⁉　竹中君がどうかしましたか？」

「それが昨夜《ゆうべ》母親と大喧嘩して、今朝になったら姿が見えないらしい。いや……本人はたぶん大丈夫なような気がする、無茶するヤツじゃないし」

「ええ、大人しくって礼儀正しい児童ですが……」

優菜は小柄で温厚な渉のことを思い浮かべた。家庭環境も普通で特に大きな問題はなかったはずだ。

「俺、問題は母親のほうだ……と思う」

「お母さん？」

優菜は意外に思った。

「あの子、昨日、突然母親に将来店をやりたいって言い出したんだって。喧嘩の原因はそれらしい」

「店を？」

渉は昨日の体験学習では志郎のリカーショップで頑張っていた。そういえば、たしか女子達が母親が心配して覗きに来たって言ってたっけ……。

「うん、あの子はひとりっ子なんだって？」

「ええ、そうです」

渉の母親には四月の家庭訪問の折に一度会ったが、学習面でのことをくどくどと訴えてきた。そのときの優菜の印象は、ちょっと神経質そうなお母さんだという感じだった。温厚な渉とはずいぶん様子が違うので、優菜が父親のことをたずねると、急に話を逸らされたことも思い出した。

「……で、今まで話を聞いてたんだけど、電話を受けた俺の印象では、母親は息子に過剰に期待している。息子の将来に夢を描いているのに、急に店をやりたいと言い出した。よしなさいと言うと反抗して家を飛び出してしまったということなんだ。学校はウチの子になんてことさせてくれたんだ、どうしてくれるんだ……って、長々と訴えてたけど、簡単に言うとこういうわけ」

「そう……なんですか」

初めての保護者からのクレームである。自分の心臓が嫌な動悸を打っている。口が乾き、指先が震えた。

「それで、どうしたんですか？」

「ヤイヤイまくし立てるもんだから、とりあえず話聞いとこうと思って適当に相槌をうってた」

「……かなりお怒りでしたか？」

「いや、ひと通り聞いたあとで、『そうですか、昨日の体験学習がよほど楽しかったんですね？　だからお母さんとしては、お店をすることに興味を感じた彼の気持ちに共感して、一緒に喜んであげて、将来の話はまた別にしようね～と言ってあげたらよかったんです。渉君はこちらで心当たりを探してみますから、お母さんはお家で待っていてください』ってな具合になだめておいた。母親も最後は落ち着いて電話を切ったよ」

「ああ……そうでしたか……すみません。ありがとうございます」

さすがに落ち着いた対応だと思った。藤木は児童にも、保護者にも人気がある若手の教師だ。指導するときにはきっぱりとした口調で話すが、普段は優しく、面白いお兄さん先生で運動もできるため、休日もよく地域のスポーツ少年団の催しに引っ張り出されている。きっと心配と憤慨でパニック状態の母親をうまく落ち着かせてくれたのに違いない。優菜は電話を取ってくれたのが藤木だったことに感謝した。

「いやぁ……なんつーか、休日なのに一方的な電話を学校にかけてくること自体が、ちょっと異様だって思ったんだ。でも、まぁだいたい様子はわかったし。同じ学年の俺がいて幸いだった。誰も居なけりゃ警察沙汰になってたかもしれない勢いだったしね。普段からあいう直情的で神経質な母親なの？」

「ええ……家庭訪問でしかお会いしてませんが、たぶんそうです。で、竹中君は今のところ、まだ家には帰っていないんですね？」

「そうなんだよ。聞いたところでは、昨夜ハデに親子喧嘩して……つか、親子喧嘩したのも初めてだったらしいんだが、今朝母親が起きてきたらすでに出てったあとだったらしい。自転車と、いつも持ってるカバンがなくなっていたそうだ。そんなことは今までなかったと滅茶苦茶心配していた。所持金はほとんどないそうだから、まぁ、腹が減ったら帰ってくるでしょうとは言っといたんだけど」

「私、今からお家に電話をして、竹中君がいそうなところを聞いてみます！」

優菜は勢い込んで言ったが、直ぐに藤木に止められる。

「それはやめたほうがいい。母親のほうはしばらくほっとけって。大人なんだし。それより今から学校に来られる？」

「今からですか？　はい！　すぐに支度をします。三十分ほどでいけると思います！」

「自転車？」

「はい。駄目ですか？」

「いや、そのほうがいい。チャリンコのほうが機動力があるからな。俺、今から近くの子に彼がいそうなところを聞いておくから、一緒にその辺をまわろうか？　まぁ心配ないとは思うけど、できることはやっといたほうがいい」

「はい……でも、先生はお仕事があるんじゃ……私ひとりでも」

「いや、まずは竹中だ。ひとりよりふたりのほうがいい。俺はここ四年目だから、土地勘もあるしね。プリント作成はあとで手伝ってよ。羽山さんが午後からも空いてるならさ」

藤木の声は明るく、優菜は動悸が少し収まってくるのを感じた。

「わかりました。それではすぐに支度をします。お電話ありがとうございました。では」

優菜は受話器を置いた。汗をかいたグラスから勢いよくコーヒーを飲み干すと、手早く身支度を整える。十分後には学校に向かって自転車を飛ばしていた。

優菜はペダルをこぐ足に力を込めながら、四月から今までの渉の様子を思い返していた。

Tシャツとハーフパンツから伸びた細く少年らしい手足。小さな顔の中の茶色い目はいつも笑っている印象だが、活発というわけではない。目立たないがクラスの皆にしっとりと溶け込んでいるのは協調性が高いからだ。いじめを受けている様子はないし、ましてやいじめる側になど立ちそうにない少年だ。

店をやりたい――彼はなにを思ってそう言い、母親は彼になにを言い渡したのか？　親子関係だってコミュニケーションだ。話をして、話を聞いて共感したり、認めてもらったりして子どもは健やかに育つ。さっき、藤木はそんなことを言って母親をなだめたと言っていたが、それは適切な助言だと優菜は思った。家庭訪問での母親の様子は、自分のことを中心に語りたいタイプの母親だったからだ。藤木の諫《いさ》めを聞いた彼女が、今後どういう風に息子に向き合っていくかまではまだわからないが。

とにかく、竹中君を見つけて話を聞かないと！

駅を抜け、ロータリーをまわって一本道をどんどん進むと、小学校が見えてくる。既に朝見た夢のことなど、頭の中から消えてしまっていた。

優菜と藤木は並んで自転車をバイパスに走らせた。

すでに十一時をすぎている。この間一度だけ藤木が渉の家に電話をしたが、母親はまだ帰らないと泣いていた。そのまま自宅で待機するようにと告げてふたりは捜索を続けた。

「ここにもいませんねえ」

町営のグラウンドでは草野球の試合が行われていたが、そこにも渉の姿はない。

「ここにもいないとすると……」

あれから直ぐに息を切らして職員室に駆け込んできた優菜を迎えた藤木は、すでに校庭開放に来ていた男子に渉が行きそうなところを聞いてくれていた。そのひとつ、隣の駅前にある学習塾にも電話をしてみたが、今日は欠席ということだったそうだ。もっとも、塾にはすでに母親から何度も電話がきていたらしい。

それから自転車で学校を出たふたりは、近所の公園や友人の家などを聞いてまわったが、どこにも小柄な少年の姿はなかった。

「いないなぁ、あいつどこ行ったんだ……あとはそうだなぁ……川のほうかなぁ？　少し遠いけど」

グラウンドを臨む広々とした野道で自転車を停めた藤木は、少し先にある小さな川のほうを指して言った。手には先ほど買ったお茶のペットボトルが握られている。同じものを優菜にも手渡してくれたが、優菜はまだ蓋を開けていない。それほど気持ちに余裕がなかったのだ。

「あ、そうですね。あの子は小さな生き物が好きだそうですから、そこにも行くかもしれないと思います。では直ぐ行ってみま……」

「ちょっと待ちなさいって」

「はい？」

自転車をこぎ出しかけていた優菜は、言葉の割には焦った様子のない藤木に少し苛立って振り返った。

「やみくもに当たってみないで少し考えよう。とりあえずお茶でも飲んだら？　汗かいてるし、脱水症状になってしまっては探しに行けない」

「あ……はい」

優菜は藤木にもらったボトルを開けてひと口飲んだ。それはまだ冷たく、するすると喉を滑り落ちてゆく。少し飲むと自分がどれほど喉が渇いていたかがわかり、そのままごくごくと三分の一ほど飲み干してしまった。

「……あいつの家には父親はいないの？」

優菜の様子を見守りながら藤木は問いかけた。

「え？　いいえ、いらっしゃいますよ」

「そう。母親の話に父親のことが全く出なかったものだから」

「ああ……そうでしたか？　家庭訪問のときもお父さんの話は出てません。でも、ちゃんといらっしゃいます。家庭調査票を確認したからたしかです」

優菜はファイルから一枚の紙を出した。表に優菜の几帳面な字でメモが取ってある。

「父……四十一歳、会社員。でも、家庭訪問のときに思ったんですけど、家庭内に父親の影は感じられませんでした。聞かなかった私も悪いんですけど、ずっとご自分と子どもの話をしてたらしたのを覚えています。でも特にお父さんへの不満もありませんでした」

「ふ〜ん。もしかして、母子カプセルなのかもしれないなぁ……」

自転車のハンドルにもたれた藤木は考え込みながら言った。聞き慣れない言葉に優菜も緊張する。

「え？　母子カプセル？」

「うん。母親が過剰に子どもを気にかけて、無意識に自分の支配化に置こうとすることをいうんだよ。それは子どもの人格形成に大きく影響を与える。子どもは母親の影響下から抜けられないが、母親もまた不安を抱えて自分の子に依存しているんだ。特に父親の存在意義が低い家庭に多い。最近増えているみたいだね」

「……そうなんですか」

「まぁ、いろんなケースがあるから、竹中のところが絶対にそうとは言えないけどね。現にあいつは家を飛び出したわけだし……電話でも話したけど、問題はむしろ母親かもしれない。子どもの親離れを容認できないんだ」

「……可能性はあると思います。昨日も体験学習の現場に、お母さんが心配して何度も様子を見にいらしたそうですから」

「ふぅ〜ん……そうだ、竹中は昨日どこに体験に行ったんだっけ？」

藤木はのどかな風景を眺めながら言った。

「冬木さんの酒屋です。横山君達と一緒に」

「ああ、あの駅前の……じゃあ、そこに行ってみよう」

「え!?」

「だって、体験が終わってから、竹中は商売がしたいって母親に反抗したんだろう？　店の人に聞いたらなにかわかるかもしれないし」

「……」

「どうかした？」

黙り込んでしまった優菜を訝しんで藤木がたずねる。

「え？　いいえ、なんでも。じゃあ……はい、行ってみましょう」

優菜は気が重くなるのを感じたが、ハンドルをきつく握りしめ、身勝手な自分を詰る。公私混同してはいけない。弱い心を振り払うように、優菜はペダルに力を込めて藤木のあとを追いかけた。


探すまでもなかった。渉は店先に立って、まるで店員のようにダンボール箱を開けたり商品を並べたりしていたのだ。

「竹中君！」

自転車を止め、たまらずに優菜がかけ寄る。渉は驚いたように顔を上げたが、すぐに笑顔を浮かべて茶色い目を優菜に向けた。

「先生！　おはようございます。あ、藤木先生も……」

よく躾《しつけ》られた子どもらしく、ぺこりと頭を下げる。少年に悪びれたところはなかった。

自分がちょっとした騒ぎを引き起こしているとは、夢にも思っていない様子である。優菜は安堵のあまり、なんと言ったらいいのかわからず、思わず立ち止まってしまった。すぐに藤木が横に並ぶ。

「よぉ！」

「よぉ！　って先生達、一体どうしたの？」

男っぽい藤木の挨拶に渉も元気に片手を上げて応えた。

「どうって……竹中、お前朝から家を飛び出したんだろ？　もう昼だぞ。お母さんが心配して学校に電話がかかってきたんだ」

「ああ……そっか」

途端に納得したような、諦めたような表情が少年を覆う。母親のことが出たからだと優菜は思った。

「そっかって……ああ、羽山先生、俺が電話するよ。先生はとりあえずこの子から事情を聞いといて」

とにかく心配しきっている母親に連絡だと、背負っていたリュックサックから携帯電話を取り出そうとしていた優菜に藤木が声をかけた。

「最初に事情を聞いたのは俺だし、俺から話すのがいいだろ。メモ貸して」

藤木は電話番号を押しながら、話し声が渉に聞こえないところまで離れていった。その様子を見ながら優菜は改めて少年に向かう。レジの女性が好奇心も露わにその様子を見ていたので、優菜はその視界を遮るように少年の前に立った。

「どうしてお家を飛び出したりしたの？」

「え？　別に飛び出したんじゃないんだけど……昨日お母さんと喧嘩して」

「うん、それは聞いた」

「ウチのお母さんはしつこいんだ。同じことを何回も繰り返して聞いたり、言ったり。今日も絶対朝から言い出すに決まってるから、また喧嘩するのも嫌で……お母さんが起きてこないうちから出てきちゃった」

「なにを言われたの？」

「お店なんかやるのは駄目だって。しっかり勉強していい中学入って、いい高校行けって」

なんともスレテオタイプなことだと優菜はため息をつきそうになったが、母親にとっては切実な問題なのだろう。

「そうだったの」

「うん……最初はぶらぶら自転車に乗ってただけなんだけど……」

「うん、うん」

言いたいことは山ほどあったが、とにかく相手の話を聞こうと優菜は自分を抑えた。

「そのうち、お腹空いてきて。朝からなにも食べてなかったから……駅前のコンビニでなにか買おうと思ったらポケットに五十円しかなくて、どうしようかなって思ってまたぶらぶらしてたらね」

「俺にばったり出くわしたってわけ」

「わっ！」

背後からいきなり声をかけられ、優菜は飛び上がった。

「なんだよ、そのリアクションは」

振り向くと志郎がのんびりとした目で優菜を見おろしていた。この人はよく知らない子どもを勝手に店で使っていたのだ。優菜の安堵は憤りに変わった。

「と、冬木さんっ！　なんで黙って子どもをっ⁉」

「俺？　俺はなんもしてない。この子が朝の商品搬入を面白そうに見てたから、昨日来た子だよなって、声をかけただけだ」

志郎もちっとも悪びれていない。優菜は自分がひどく混乱しているのを感じた。

「……でもっ……黙っていなくなって、保護者の方は凄く心配して……」

どう説明したものかと、優菜は言葉を探した。子どもの家庭事情を無闇に話すわけにはいかない。

「それは知らなかった。荷出しの最中に、たまたま菓子の入った箱が崩れてこの子が拾うのを手伝ってくれたんだ。それからなんとなく店にいてちょこちょこ手伝ってくれてるんだ……だよな、渉？」

「うん！」

元気よく渉が答える。

「だが、朝早くから親に言わずに出てきたのは、まずかったな」

「……けど」

優菜は途方にくれる。そのとき、電話を終えた藤木が戻り、優菜は簡単に事情を説明した。

「なんだ、そういうことか。でも、竹中、お母さんやっぱり凄く心配してた。もう大丈夫だからって言ったんだけど、今からすぐ迎えに行くって騒いでたぞ」

「ええ～っ！　やだ～！」

藤木の言葉を聞くなり、渉は心底嫌そうに顔を顰めた。

「ははは！　絶対そう言うだろうって思った。だから、それには及びません。こちらから送っていきますって言っておいたよ」

「僕、ひとりで帰れるよ～」

母親が迎えに来ないと聞いて少しはほっとしたようだが、まだ不服らしく少年は渋面を作った。

「まぁ、そう言うな。お前は大丈夫でも、先生達にも責任ってもんがあるんだ。ここは、辛抱してくれ」

「いいけど……」

ようやく納得したように渉は頷いた。元々素直な児童である。

「これで、問題解決だな！　そうだ飯にしよう。お前も腹減っただろ？　ずいぶん手伝ってくれたから俺がごちそうしてやるよ。よかったら先生達もどうぞ」

成り行きを見守っていた志郎が唐突に口を出した。

「いえ、ご厚意はありがたいですが、お聞きになったとおり、親御さんが大変心配していらっしゃいますので、この子はこれからすぐ私が送っていきます」

優菜は早く問題を解決したいのと、これ以上部外者に関わってほしくないという思いから、丁寧ながらもきっぱりと断った。

「わかってるよ。だから、飯食ってから家に連れて帰ればいいだろ？　役に立ってくれたのに腹ペコのまま家に帰すなんて不義理なことはできない」

「でも、保護者……お母さんが心配で朝から何度も電話を……」

こんなに必死に言っているのに、この人はなんでわかってくれないのだろう。優菜は密かな苛立ちを覚える。

「竹中、腹減ってるのか？」

これまた唐突に藤木が渉にたずねた。

「う～ん……」

渉は遠慮がちにもじもじしていたが、グッドタイミングでお腹の虫がキュウと鳴る。

「決まりだな」

志郎がにやりと優菜に笑いかけた。

「竹中、先生の携帯を貸してやるから、自分でお母さんに言えるか？　そうだな…羽山先生と俺とごはん食べてから一緒に家に帰るって言うんだ」

「うん……はい、言えます」

「よぉし、じゃこれ」

藤木から携帯を受け取り、渉は母親に電話をしはじめた。親子ならではの遠慮のないやりとりがしばらく続く。渉は特に乱暴な言葉は使わなかったが、面倒そうな口調で母親と話していた。しかし、なんとか言いたいことを伝えている。

「……先生、なんでごはんなんか食べることにしたんですか？　直ぐに送っていけばよかったのに。お母さんも安心されるでしょうし」

その様子を見守りながら、優菜は小声で藤木にたずねた。志郎は少し離れたところに立ちながら、時折店の者に指示を出している。

「いや……実は、竹中自身の口からもう少し事情を聞きたかったからな。家に帰ったらどうせ母親のペースだろ？」

「それはそうですけど。それは来週でもいいんじゃ……ここはいったん」

「まぁ、〝教育は今日行く〟っていうんだ。駄洒落じゃないよ。今日のことはその日中に解決するほうがいい。それともなにか屈託があるの？」

「いいえ、なにもないですけど……でも……」

志郎と優菜のかつての柵《しがらみ》を藤木は知らない。説明する気もなく優菜は口ごもった。それに教師としては藤木の言うことも理解できる。

優菜はあまり気乗りはしないまでも、ここは先輩の言うことを聞くことにした。たしかに、普段しないことをした渉の気持ちは知りたい。保護者と揉めるのを避けて自分の都合を優先し、肝心の子どもの気持ちに寄り添えないのは、担任としてはよろしくない。

「そうですね……はい。私も竹中君の気持ちを聞いてみたいと思います。先生から電話していただいたことで、お母さんはほっとしておられるでしょうし」

優菜は気持ちを切り替えた。

「だから……大丈夫だって！　うん、ちゃんとお礼も言うよ。先生がふたりもいるんだよ。お母さんは心配しすぎなんだ！　ごはん食べたら帰るから。じゃあ」

渉は憮然とした表情で携帯を閉じて藤木に返し、藤木もなにも聞かずにそれを受け取った。優菜は渉が怒っているのを初めて見た。どちらかと言えば大人しい性格だと思っていたので、そんな態度を見るのは驚きだった。

「話はつきましたか？」

志郎が藤木に声をかけている。

「はい。なんとか……で、どこに行きますか？　あまり遅くなるのはちょっと……」

「ああ、俺も昼休みなんで、あんまり遠くには行けないんです。商店街の中にうまい定食屋がありますから、そこで」

志郎は徒歩で、優菜と藤木、そして渉は自分の自転車を押して土曜日の商店街を歩いている。こんなところを保護者に見られたらどうしよう、と優菜は気が気でなかったが、藤木はそんなことなど気にしない様子で、渉となにやら楽しそうに話しながら前を歩いている。一番前を行く志郎はどんどん進んでいった。

優菜は志郎のことがますますわからなくなった。

この間は自分を無視しないでほしいと言ったくせに、今日は全く違う態度ではないだろうか。彼は一度も振り返らない。

しばらく行くと志郎は「ここです」と、商店街のほぼ真ん中にある『だるま屋』という、昔ながらの佇《たたず》まいの店の引き戸を開けた。


「……でさぁ、竹中。店で働いたのがそんなに面白かったのか？」

焼き魚定食をもりもりと食べながら、向かいに座っている渉に藤木はたずねている。藤木は醤油をかけた大根おろしを、魚の身ごとほかほかのごはんにのせて大口で頬張っていた。

「うん」

渉もコロッケ定食のコロッケを行儀よく箸で四等分しながら口に入れた。お腹が空いていたのだろう、ふたつついているコロッケのひとつ目はあっという間になくなった。

ちょうど昼時で、店はそろそろ混みはじめようとしていた。優菜達は隅っこの四人がけのテーブルに席を占めている。注文を取りにきたのはこの店を切り盛りするおばちゃんで、志郎とは馴染みらしく笑顔で言葉を交わしていた。志郎は優菜の向かいに陣取り、向こうの席に腰かけた店主仲間らしき男性達にも話しかけられている。その様子はすっかり地元の青年として認められている風であった。

「僕、お店ってあんなに楽しいって知らなかった。またやりたいと思って」

「で、お母さんに自分もやってみたいって言ったのかぁ」

藤木は理解ある顔でたずねた。

「うん。だけど、言った途端、お母さん滅茶苦茶怒り出して。商売なんかとんでもない、ちゃんと大学行っていい会社に勤めないと駄目だって……僕は面白かったって言っただけなのに」

「まぁ、普段やらないことだからね。面白く感じることはあったろうけど、本当は仕事って凄く大変なんだよ。店でも会社でも、他のどんな仕事でもな。でもまぁ、将来のことは今は置いとけ。別に今すぐ決めなくったっていいんだから」

「そうだけど……お母さんがあんまりうるさく言ってくるし。中学受験のこととか、もっと先のこととか。毎日おんなじことばっか。いちいち返事するのも面倒くさくて、昨日そう言ったんだ。そしたら……」

「いきなり母ちゃんの態度が変わったと」

割り込んだのは志郎だ。彼は常連らしく、なにも言ってないのにトンカツ定食のごはんが明らかに大盛りだった。すでにそれは半分以上なくなっている。

「冬木さん。そんな言い方は……」

優菜は慌てて志郎を遮った。母親のことは志郎に直接関係ない。口出しは控えてほしかった。

志郎は優菜の視線を受け流しながら、大きなトンカツの切片にかぶりついた。ほどよくきつね色に揚がったそれはソースが染みていて、大変うまそうだ。藤木は俺も今度はそれにしようなどと呑気に呟いている。優菜の注文したきつねうどんは、手をつけないまま冷めはじめている。

「まぁともかく竹中、先生達が間に入ってやるから、とりあえずお母さんと仲直りしたら？心配させたのは事実なんだし……できるか？」

「……うん……はい」

ウスターソースのかかったキャベツの千切りをしゃきしゃきと咀嚼《そしゃく》しながら、渉の返事は煮え切らない。

「お前の気持ちもわかるけどさ。だけどな、男はこれからが大変なんだ。お母さんは女だから、そこんところがわからないときもある。だけど、このままじゃ冬木さんが悪者にされちゃうだろう。せっかくご厚意で面倒を見てくださった冬木さんの顔をつぶしちゃいけないよな？」

少年は困ったように志郎を見上げ、それからはっきりと頷いた。

「いや、俺のメンツなんかどうでもいいですよ。たまたまだったし。なんだか見過ごせなかったから声をかけたけど、事情も知らないくせに勝手に判断して悪いと思ってます」

志郎の視線は優菜に向けられている。

「お母さんは女だからわからないって、どういう意味ですか？」

優菜は藤木にたずねた。

「こりゃ言い方がまずかったかな？　羽山先生も女性だから。え〜っと、いやさ、竹中は五年生だし、これからどんどん大人に向かう時期だろ？　そんな中で異性に興味が出たりもするんだけど、反対に家の中の異性、この場合はお母さんだな……と、意思の疎通が難しくなることもあるってこと……つまり反抗期ってやつだ」

「ああ……第二次発達ってことですか」

「まぁね、そんな教科書に載っている言葉はあんまり本質を言い当ててるとは思わないけど、男の子はある時期、自分を生み出してくれた母親の庇護欲《ひごよく》とぶつかり合うこともあるってこと。特に夢のある男はね」

藤木はそう言って渉ににっと笑いかけ、最後の味噌汁を啜った。

夢を持つのに男も女もないはずだが、渉にわかりやすくしようと思っての配慮だろうと察した優菜は、あえて反論を控えた。

「ああ、わかるわかる。俺も地元の国立に進学しろって、どんだけお袋にうるさく言われたか。そんでムカついてここを飛び出した」

「へぇ〜、冬木さんは東京の大学に？」

藤木が意外そうに志郎を見る。

「ええまぁ。でも俺のどうしようもないところは結局、学費から生活費から全て親の脛を齧《かじ》ってたところにあるんですけどね。奨学金の選考からも漏れたし」

「あはは！　そりゃそうでしょう。あんなに大きなお店の息子さんなんだから」

「ドラ息子ですけどね」

志郎は藤木に応じながら、ちらりと優菜に視線を向けた。優菜はそれを避けるように俯き、うどんの鉢を無意味にかきまわす。

「ドラ息子ってなに？」

渉が藤木にたずねた。

「ああ、今はあまり使わない言葉だな。えーと、親の言うことを聞かない息子のことかな」

「そう、俺なんか、せっかく東京の大学に行ったのに、今は酒屋の親父だし」

志郎も頷く。

「そっか～」

「でも、竹中。このことをそのままお母さんに言うんじゃないぞ。ますます面倒くさくなるから」

「うわ、嫌だぁ～」

男同士は妙に盛り上がっている。優菜には口を挟む余地がない。

私、なにしてるんだろ？　自分のクラスの子どものことなのに、なんの言葉もかけてあげられてない。竹中君にも頼りにされていないし。あっという間に渉の信頼を勝ち取っている志郎を見て、いたたまれなくなった。

自分が歩んできた道に後悔はなかったし、真面目に勉強したおかげで難関といわれる教員採用試験にも二度目で受かった。自分で自分を養うこと、これが優菜のアイデンティティであり、誇りなのだ。だけど折にふれ、このように自分を落ち込ませるのは、子どもの頃から振り払えない劣等感だった。そして目の前に座っている男がその一端を担っているのも事実だ。

「……いのか？」

「え⁉」

「なんで飯食わないのかって聞いてるんだよ」

志郎が向かいの席から優菜とうどんを見ている。

「あ……あんまり食欲がなくて……」

「なんだ、子どもの前で食いもんを残すのか」

たしかに志郎が正論だ。そう思った優菜は冷めかけたうどんを箸ですくい上げた。

「あれ？　冬木さん、羽山先生と親しいんですか？」

藤木がふたりを見比べてたずねる。志郎のくだけた口調でそう感じたのだろう。優菜は否定しようと口を開きかけたが、志郎のほうが早かった。

「俺達、葛ノ葉小学校で一緒のクラスだったんです。な？」

「ええっ、羽山先生、ウチの学校の出身だったの⁉　ってことは、ここは地元？」

驚いたように藤木が優菜を覗き込んだ。隣で渉もびっくりしている。

「あ……違うんです。地元では全然なくて、小学校の頃ほんの二年ほど住んでただけで、すぐ転校したから卒業生でもありません。冬木さんとも一緒のクラスだったというだけです」

「そう。俺はいじめっ子で嫌われてたから今も信用がない」

優菜の言葉に、志郎は真面目な顔で返すと、最後のトンカツを口に放り込んだ。藤木が驚いてふたりを見比べている。

「へぇ〜そうなんだ。いや、驚いた。世間は狭いねぇ。同級生かぁ。いいねぇ、幼馴染みの再会ってわけか」

優菜は誤解を解きたいのを我慢して食べ続けた。冷めてもおいしいうどんだ。

「ねぇ、羽山先生、いじめられてたの？」

折角藤木が聞かぬふりをしてくれたのに、コロッケ定食を食べ終え、大人の話を聞いていた渉が興味津々で優菜にたずねる。小柄なのに大人用の定食をぺろりと平らげていた。

「そう。俺は悪ガキだったからな。大人しい女の子をいじめてたんだ」

うどんで口がいっぱいで答えられない優菜に代わって志郎が答えた。

「サイテーだよな。お前はくだらない、いじめなんかすんなよ」

「しないって！　だいたい女子のほうがコワいし……」

恐ろしそうに渉が首をすくめた。

「あはは！　それもそうか！」

藤木も笑って同調する。

「ほんとだよ……ウチのお母さんもそうだけど、女は怖いよ」

「あーあ……小学生にしてこれですよ。冬木さん、今じゃ職員会議でも女性のほうがはっきりものを言いますし。俺達男は肩身が狭いです」

藤木の言葉はもちろん冗談だ。職員会議で藤木は堂々と自分の意見を述べる。若手では貴重な存在だ。

「そうっすね……」

志郎も感慨深げに顔の前で指を組んでいたが、優菜は内心愉快ではなかった。子どもの前で、自分がいじめられていたことを暴露されては、教師として少々立場がない。渉は言いふらしたりするような子どもではないが、できれば知られたくなかった。どうして彼は、そういう配慮ができないのだろう。優菜は恨めしく思った。その志郎は渉に向かって語り続けている。

「でも、自分がやったことの責任は自分で取らないといけないんだ。だから、お前は先生達と家に帰って母ちゃんと話をするんだぞ。なんも言わんで家を飛び出したのは子どもっぽいことだろう？　ちゃんと認められたいんだったら、むやみに心配させちゃ駄目だ。さっき先生も言ってただろ？」

「うん……ごめんなさい」

「俺より、わざわざ探しに来てくれた担任の先生に謝れ。あちこち探しまわってくれたんだから」

「羽山先生、ごめんなさい」

　渉は素直に優菜に向かってぺこりと頭を下げた。

「も……いいのよ。別に先生、怒ったりしてないし……」

「優しい先生でよかったな。けど、甘えちゃ駄目だ。俺だって自分のやったことの責任は取る。お前もそうするんだ」

　渉にそう言って志郎は優菜を見た。それは優菜が視線を逸らせないくらい真摯《しんし》な瞳だった。

「おやおや、俺達の仕事を冬木さんがやっちゃってくれましたね。立場ないわ～」

　藤木が明るく言い、優菜もやっと少し笑った。志郎も笑っている。

「あ？　こりゃすいませんね」

「いいえ、先生でも親でもない人からのお説教は、実際ありがたいですよ。この土地じゃまだそんなことができるんですね」

「いや……俺だって褒められた子どもじゃなかったから恥ずかしいですけどね。でも、さっき先生がおっしゃった、〝教育は今日行く〟ってのは、面白かったですよ。いや、駄洒落でなくね。俺も昨日、似たようなことを言ったばかりだから」

「ははは……さぁ、飯も食い終わったし、帰るか！」

藤木が勢いよく立ち上がる。渉も晴ればれと頷いた。優菜もほっとしてリュックサックを取った。

「ココは俺が……差し出がましいようですが、俺のテリトリーなんで」

志郎が財布を出そうとした藤木に断っている。優菜は藤木が志郎を制してくれることを望んだが、藤木はあっさり折れた。

「すみません、では今回はごちそうになります。どうもごちそうさまでした。おいしい店でした。同僚を誘ってまたぜひ来よう」

「そうしてやってください」

四人が店を出ると待っていたかのように、商店主のようなふたり連れが入れ替わりに引き戸の中に入っていった。小さな店だが流行っているらしい。商店街もお昼の買い物客で賑わっている。

「羽山さん、今度ゆっくり飯でも。じゃ俺は店に戻ります。じゃあ渉、母ちゃんによろしく。遠慮せずまた店に来い」

慌ただしく挨拶した志郎は振り返りもせず、急ぎ足で戻っていった。優菜達はまっすぐ渉を送ることにする。優菜はひとりでも大丈夫だと言ったのだが、藤木は電話を受け取って事情を聞いた以上、最後まで付き合うと言ってくれた。

渉の家は市街地を抜けたところにある建て売り住宅で、駅から十分ぐらいだったが、その間藤木は渉に母親とうまくやってゆくコツを伝授し、優菜はどうやって事情を説明しようか考えていた。しかし、あらかじめ連絡を入れておいたからか、家に着くと母親だけでなく、夜勤明けだという父親までも玄関先に出てきて優菜達を迎えてくれた。母親も朝の様子からすれば、だいぶ落ち着いた様子で息子を迎え入れた。おそらく事前の藤木の対応が功を奏したのだろう。

「どうもお世話をおかけしました。お昼まで食べさせていただいたようで」

神経質そうな笑顔を浮かべて母親が頭を下げる。後ろで父親も黙って頭を下げた。

「いいえ、こちらこそ連絡が遅くなりまして。お昼はこちらが勝手にしたことですからお気になさらずに。今日のことはお子さんから事情をうかがいました。渉君も反省しているようなので、あまり……」

叱らないでやってください、という言葉を優菜は濁す。これ以上母親の自尊心を傷つけてはよくない。

「……わかりました」

優菜の訴えるような視線に、ややたじろぐように母親が応えた。

「よろしくお願いします」

最後に優菜は丁寧に頭を下げ、渉に笑顔を向ける。

「じゃあ竹中君。先生達帰るね。また月曜日、学校でね！」

「うん、さようなら。先生いろいろありがとう」

やや名残惜しげに渉は家の中に入ってゆく。母親はふたりが自転車で曲がり角をすぎるまで見送ってくれたが、父親がひと言も発しなかったことに優菜は気づいていた。

学校までの道中、ふたりはほとんど口をきかなかったが、学校の自転車置き場に着いてから優菜は藤木に礼を言った。

「あの……藤木先生、今日はありがとうございました。先生のおかげで、竹中君も見つかったし、保護者とも揉めずにすみました」

「え？　ああ、そんなの気にしないでよ。おんなじ学年の子だから当たり前だ。それより、約束したよな。今日はこれから付き合ってもらうから」

優菜は日差しの中に立つ藤木を見た。ストライプのシャツの裾が風に眩しくはためいている。

彼は笑っていた。


「じゃあ、このふたつの画像をここら辺に貼っつけてレイアウトしてくれる？」

藤木はディスプレイ上でカーソルを動かして優菜に指示を出した。優菜はすぐさま内容を理解して頷いた。

「わかりました」

「で、人使い荒くて申し訳ないけど、できたらプリントアウトして持ってきて」

「はい」

藤木からデータの入ったSDカードと文字だけのプリントを受け取り、見ると社会科の授業で使う資料だった。大きな文字で『歴史おもしろ裏話1』とタイトルがある。子どもの興味をひく内容だ。

「これ面白そう……」

パソコンの電源を入れながら優菜は興味深そうに、プリントを確かめている。

「うん。副読本にも載っていない、歴史の裏話の話さ。歴史が苦手な子は多いし、画像も入れたら見てくれるしね。興味を持てたら授業も楽しいだろ？　羽山さんも要る？」

「あ、欲しいです」

「そう。ならまとめて学年分印刷しちゃおう。でないと永嶋先生が文句言うだろうから」

「あ、誤字見つけました。修正しますね」

「あ〜、やっぱりあったか。見直したつもりだったんだけどな〜」

ふたりは職員室ではなくコンピュータ室にいた。土曜日のコンピュータ室には人がおらず、性能のいい複合プリンタもあるので、こちらのパソコンを使おうということになったのだ。今日は気温が高く、走りまわったあとですっかり汗をかいたので、藤木はこの部屋に入るやいなや「ふたりだけでもったいないけどな」と言いながらクーラーをつけていた。そのため室内は心地いい温度に保たれている。

渉の一件で、朝のうちに片づけるはずだった藤木の仕事を手伝う約束を果たしたら、今日の休日はあらかたフイになるだろうが、優菜は構わなかった。どうせなにも予定がなかったし、昨日のことや今日の一件で、ひとりでいるといろいろ考え込んでしまいそうで、なにかをしているほうがいいと思ったからだ。

疲れたな……あの人に会うと、いつもなんだか疲れるような気がする。私が無意識に構えてしまってるだけかもしれないけれど。

優菜は今ひとつ調子が上がらない自分のことを考え、小さくため息をついた。

とりあえず目の前のことに集中！

それからしばらく黙々とパソコンに向かって作業をこなした。プリントアウトの終わった資料は印刷機にかけて三クラス分刷ると完了だ。画像入りのプリントをセットして製版する。本当ならカラー印刷にすると、子どもにはよりわかりやすいのだろうが、予算がそれを許さない。事務室からは用紙とインクの節約を厳重に申し渡されているのだ。優菜はモノクロ写真印刷というボタンを選択し、製版ボタンを押すとアイドリングが作動し、テストプリントが自動で排出される。

優菜は画像の濃淡をチェックした。いけそうだ。印刷枚数を入力し、ボタンを押すと印刷機はブンブンと軽快な音を立てながら、次々と紙を吸い込んでゆく。

「あんな羽山さんを初めて見たよ」

「え!?」

矢継ぎ早に排版トレイに排出されてゆくプリントをぼんやりと見ていた優菜は、不意に背後からかけられた声に飛び上がりそうになった。

「……すみません、なにかおっしゃいましたか？」

いつの間にか藤木が真後ろに立って優菜を見ていた。

「うん。羽山さんって普段あんまり感情を出さないでしょ？　今日、君はずいぶん気を悪くしていなかった？　あの人に」

藤木の視線は優菜を通り越し、明るい窓の外に向けられた。この教室は二階で、よく伸びたポプラの若枝がすぐ側に見える。

「……そうでしたか？」

胸が変に脈打ったが、優菜は動揺を抑えてさらりと答えた。たしかに志郎といる間中、感情が尖っていたような気がする。しかし藤木に気づかれていたとは思いも寄らなかった。

「私……そんな風に見えました？」

「うん、見えた。なんだからしくなかった……いや、もしかしてあれがホントの羽山さんなのかな？」

「そんなことは……あれは、あの人があまりに呑気そうだったから……」

「あの人ねぇ……」

藤木の目線は窓から優菜に戻された。なにが言いたいのだろう。

「だってよその子を、わけも聞かずに店の手伝いをさせたり、雑な言葉を使ったり……ちょっと不適切じゃありませんか？」

優菜はトレイから刷り上がったプリントを取り上げながら、自分の言葉が一般論に聞こえるようにと思っていた。

「そうかな？　俺はあの人の判断は悪くなかったと思うけど？　普通の五年生の男子なら、朝早くに商店街の荷おろしを見たりしない。少なくとも帰りたくなくて、ぐずぐずしたりなんかしないよね？　冬木さんは竹中になにかを感じ取ったから声をかけたんだよ。そんで、様子を見るために店に置いておいたんだと思うよ」

「……まさか」

志郎がそこまで配慮していただなんて考えられない、と優菜は思った。

「たぶんそうだよ。それに俺達から事情を聞いてからは、彼は言葉遣いも含め、一人前の男にするような態度で竹中に対応していた。砕けたものの言い方だったのもそのせいだ。自立に向けて自我の芽生えかけた竹中にはそれが嬉しかったんだと思う。なかなか鋭い人だよ」

「……」

「まぁ、それはいいんだ。でも羽山さんの態度は明らかにおかしかったよ。普段の君じゃない」

「私にはそこまでものが見えてなかったから……」

優菜は考え込みながら言った。たしかに一緒にいる間、志郎はまるで渉に友人に対するような態度を取っていた。自分はそれを不満に感じて顔に出てしまったのかもしれない。

「いいや、違うね」

即座に藤木が否定する。

「え？」

「彼だからでしょう？　変に意識していたのは。一体彼は君のなに？」

「なにって……言ったじゃないですか。ここに住んでたときのクラスメイトで」

「昔、君をいじめていた悪ガキ」

「ええ、そうです。はっきり言って私は当時、彼が嫌いでした。だから、彼の言うことにあまり賛同できなかったのかもしれません」

きっぱりと言って優菜は唇を結んだ。

「でも、冬木さんはそう思ってなかったと思うよ」

「は？　なにを……」

「あの人はずっと羽山さんを見ていたよ。気づかなかった？　彼は興味ありげに君の一挙手一投足に注目していた」

「まさか」

思わず優菜は身を引き、背中が背後の排版トレイに当たった。印刷機はお構いなしにせっせとプリントを吐き出している。

「そんなことはな……」

「間違いないね。これでも仕事柄、観察眼には自信がある」

藤木はうなずいた。

「あの人は私をからかっているんです」

優菜は勢い込んで反論する。

「そうかな？」

藤木は意味ありげに問う。これ以上詮索されたくなかったので、優菜は大きく頷いた。

「そうですよ。それに第一、あの人には凄く綺麗な彼女がいるんですよ」

「そうなの？　あれ？　これは俺の見込み違いかな？　俺はてっきり……」

前髪をかき上げながら藤木は眉を上げて優菜を見た。

「見込み違いも甚《はなは》だしいです！　ほら、印刷終わりましたよ、三クラス分！」

優菜は刷り上がったばかりのプリントの束を揃えて藤木に手渡した。藤木は五年と書かれたスチールロッカーを開け、そこにプリントを放り込んだ。

「これで終わりですか？　先生のパソコンの資料は？　それもついでに印刷してしまいます？」

「ん？　ああ、アレは急がないから。今日はこれで終わり。ありがとう、おかげで早く終わった。といっても、もう三時だけど。付き合ってもらって悪いね」

「いいえ、こちらこそ助けてもらったし……私ひとりではとてもあんなにうまくいかなかったと思います。本当にありがとうございました。いろいろ勉強になりました」

優菜は心からの礼の気持ちを藤木に伝える。

「私はもう帰りますけど、この部屋は閉めますか？」

「そうだね。職員室もだいぶ人が減ったようだし」

「じゃあ、パソコンの電源を落としますね」

優菜はカーテンを閉めている藤木に向かって言った。クーラーがまだつけっぱなしだ。スイッチは向こうの壁の隅にある。優菜はスイッチを切ろうと、パソコンが並ぶ間を縫って歩いた。コントローラーは子どもが触れにくいようにやや高い位置にある。背の低い優菜が伸びをしてボタンに指先を伸ばしたとき――。

不意に長い腕が伸びてきて先にボタンを押した。

振り返ると自分を見おろす藤木と目が合った。腕を優菜の後ろの壁についている。今までこんなに近くで見たことがないために気がつかなかったが、学生時代野球をやっていたという藤木は志郎ほどではないが結構大きい。

「あ……の？」

「いい機会だから正直に言ってしまうけど、羽山さん」

もはや彼が笑っていないことに優菜は気がついた。

「は……はい？」

「今日思ったんだけど、君ちょっと鈍いよね。教師としてやっていくなら、もう少し鋭く人間観察をしたほうがいい」

「……はぁ」

言われている意味がわからずに、優菜の瞳は困惑に揺れながら藤木を見上げた。

「だからさ、ためしに俺と付き合ってみない？」

五月最後の土曜日。

よく晴れたこの日は暮れるのが惜しいのか、空は不透明に明るく、街と人の上に広がっている。その青はいくぶん黄色味《きいろみ》を含んで輝き、まるで黄玉《トパーズ》を透かせているようだった。

来週から六月になる。

四.薄暑《はくしょ》

梅雨も終わりにさしかかった六月の空は、朝から抜けるように眩しい。

通勤時間は約三十分。電車で二駅の距離を、優菜は運動も兼ねて自転車で通勤している。

学校というところは駅から遠いところに立地することが多いが、葛ノ葉小学校も例外ではなかった。

商店街に近い最寄り駅までは歩いて十分以上かかるし、優菜の家も最寄り駅から同じだけかかる。電車を使っても合わせて二十分以上歩くのなら、自転車で行き来したほうが早いし、重い物も持ち運びやすい。それで優菜は最初から自転車通勤にしているのだが、これが意外なところに盲点があった。

田舎の道はほとんど日影がなく、肌が焼ける上に凄く汗をかくのだ。日差しはもう真夏と同じだ。

去年、産休講師として他県の都会の学校で働いていたときは地下鉄通勤だった。駅から学校まではビルの間を抜けて歩いて行けたため、汗はかいても朝から日に焼かれることはなかったのだ。おまけに学校の近くに高速道路が通っている関係で、夏場は騒音で窓を開けられず、特別措置として教室には冷房が設置されてあった。

しかし、ここではそうはいかない。往復八キロの道のりは疲れた体に結構な苦行である。

あの日から急に暑くなったなぁ。

優菜はひと月近く前のできごとを思い出しながら、ペダルを踏む。


「俺と付き合ってみない？」

渉の一件が片づいた日の午後。隣のクラス担任の藤木から突然そう告げられた。

いつも柔かく笑っている目は真剣で、そして大人の余裕が感じられ、優菜は内心ひどくたじろいでしまったのだ。

「ごめんなさい。今は誰とも付き合えません」

思いがけない事態に驚きながらも優菜はなんとか断った。うまく伝えられたかわからないが、それでもその場で言えてよかったと思っている。考える時間を与えられてしまうと、思考が堂々巡りに陥るような気がするからだ。

「お気持ちはありがたいです。ホントです。でも……自分は仕事のことで頭がいっぱいっていうか、なにも考えずに打ち込みたいです。なので今は恋愛とか、そういうこと考えられなくて……」

藤木のことは決して嫌いではない。むしろ自分より経験豊富で、若くても視野も広く、教師という仕事に熱心に取り組んでいる姿を尊敬している。子どもが心底好きらしく、昼の休み時間も休憩しないで男子とボールを蹴り合ったり、女子の話し相手になっていた。

優しく頼りがいのある職場の先輩である。また、子どもや保護者から人気があるだけでなく、同僚からの信望も厚い。そんな人だから正直に今の気持ちを伝えた。

　藤木は眉を下げながら仕方なさそうにうなづいた。

「そう言うだろうと思ったよ。羽山さん、真面目すぎていろいろ突きつめて、ちょっと視野が狭くなってると感じた。視点を変えて他のこと考えてみたらって思ったんだ。あ、もちろんからかったわけじゃない。俺は真剣だよ」

「……私、視野……狭い、ですか？」

「うん。気がついてないでしょ。冬木さんは羽山さんのこと間違いなく意識してた。興味のない女性をあんな目で見る男はいないよ。でも羽山さんは彼の一面しか見ようとしてなかった。竹中のことで動揺しすぎてたね」

「だから、私は別に……」

「ようするに彼のことが苦手なんだろ？　今回はそれに捉《とら》われすぎた感があるだけだよ。まぁ冬木さんの本当の気持ちはどうなのか、俺にはわからないしね」

「……」

　藤木の言葉に優菜は言葉を失う。

「君はまだ二ヵ月ちょっとの初任者だから、次々起きる予測のつかない事態についていけないからしんどいんだ。新任教師の最初の一年がどれだけ大変だったか、俺だってまだ覚えている。だから、気持ちを切り替える意味も込めて、気楽に付き合えたらって思ったんだけど、もう少し待つよ。ごめんね、余計に動揺させたかな」

「藤木先生……」

「そんな顔しなくていいんだよ。俺は気が長いの。だからさ、これは先輩としての助言だけど、ものごとを斬《か》くあるべしと決めつけるのは、この仕事にはよくないんだ。だから、羽山さんの過去になにがあったかは詮索しないけれど、少し肩の力を抜いていこう」

「……はぁ、肩の」

優菜は体操のように肩をまわしてみた。

「ははは！　だから、そんなに深刻になるなって言ってるんだよ」

「藤木先生は、私のことを意固地《いこじ》なんだと思われますか？」

「意固地じゃなくて一途なんだと俺は思うけどね」

「私は子どもの頃に両親を亡くし、親類縁者にも縁が薄かったから、一生懸命やっていても、人との距離が測りにくいのかもって、思うときがあって……」

「それだけ自分のことを客観視できていれば十分じゃないか。教師には必要な資質だよ。だからこそ、孤立しがちな子どもの気持ちがわかるんだろう？　真面目に、でも大らかに接してごらん？　子どもにも、保護者にも、そして俺たち男にも、ね？」

そう言って藤木は笑った。つられて優菜も微笑んでしまう。

「それじゃこの話は当分なしということで。俺はもうちょっと仕事していくから、羽山さんはもう帰りな」

そう言って藤木は優菜を解放したのだった。

それからおよそ一ヵ月。

季節は進んだ。春が遅かった年は夏が駆け足でやってくるようで、今年も早くから暑くなった。

藤木は以前同様、頼りになる同僚、よき先輩として優菜に接してくれている。自分の気持ちを押しつけるような素振りもしなければ、仕事に影響をきたすことも無論ない。相変わらず熱心で陽気な青年教師だった。優菜も普段どおりに授業をし、教材研究をして過ごしていたが、時折心が固まり考え込んでいる自分がいる。

志郎にはあれから会っていなかった。

通勤路に商店街は入っていないが、毎日駅を抜ける際にロータリーに差しかかる。手前のスーパーに寄ることもある。そのときにリカーショップを覗こうと思えば覗けるのだが、優菜はロータリーの反対側を通ることにしていた。もちろん商店街にも足を踏み入れていない。

優菜はそんな自分が情けなかった。相手が子どもならともかく、男性を相手にすると途端に構えて接してしまう。教師ならば、どんな人間ともコミュニケーションを取れなければならないのに。しかし毎日の授業とその準備、そしてさまざまに局面が変わる児童対応とで、一日が終ると心身共にへとへとで、ゆっくり自分と向き合う余裕がないのだ。

今週末は土曜に授業参観があり、月曜日が代休となっている。

夏はもうそこまで来ていた。

「う〜ん……どうしたんだろうなぁ」

参観を控えた木曜日、優菜が理科室の片づけを終えて職員室に戻ると、藤木が椅子にそっくり返って考え込んでいた。片手に持ったプリントを一枚顔に翳《かざ》している。

「なにがですか？」

隣に腰をおろしながら優菜が聞いた。

「実はさ、ウチのクラスに急に成績が下がった子がいるんだよ。それも極端に」

「ええ？」

「誰なの？　そんな顕著に下がってるの？」

前から学年主任の永嶋も口を出した。

「ええ。結構……実は柏木《かしわぎ》のことなんですが」

「ああ、柏木兼良《かねよし》君！　たしかお寺の息子さんであんまりしゃべらない子だったよね。成績は割といいほうだったと思うんだけど」

永嶋はこの学年が二年目で、頭の中には学年の全児童の家庭状況や、成績がインプットされている。

「ええそうです。浄命寺《じょうみょうじ》っていうんですが」

「そうなんですか？　知りませんでした」

「まぁ。羽山さんも俺も、この学年は一年目だしね。はじまって二ヵ月ちょっとじゃ、まだ全員のデータは覚えられないよ。浄命寺って……ほら、ここにあるお寺だよ」

藤木は棚から校区の地図を出して優菜に示した。この街には大小多くの寺があり、学校にも寺の家の子が数名在籍している。しかし今年の五年生には話題の柏木しか寺の子はいなかった。

「それでどのくらい落ちてるの？」

「ええと……六月最初のテストの平均点が六十三点。去年度末のクラス分けデータによると八十五点だったから、どの教科も二十点ぐらい下がっているかなぁ……」

「ええっ！　二十点も!?」

優菜は驚いて声を上げた。

「それは凄いわ。急降下じゃない！　これは放っておけないね。普段の授業態度は？」

「あまり変わんないけど、忘れ物が多くなったことと……そうだなぁ……一見真面目なんだけど、やっぱり落ち着きがなくなってきたようです」

「友人関係はどうなんですか？」

優菜もたずねた。もしかしたら友達関係かもしれないと思ったからだ。しかし、優菜にも兼良の印象は薄い。学年を受け持って二ヵ月あまり、ほぼ全員の子どもの顔と名前は覚えたが、兼良については、大人しい子というイメージしかない。お寺の子どもらしく、頭髪が短かめでひょろっとした児童だった。この間家出をした竹中渉も大人しいほうだが、よく笑うし、友人も多い。兼良はよほど目立たない少年なのだろう。

「特に変化はないように見える。友人は少ないがクラスの友達とは普通にしゃべっているし、仲間はずれもない。地域のスポーツ少年団に入ってないから、付き合いはそう広くないとは思うんだけど……」

「でも一度お家と連絡を取ったほうがいいかもね。ああ、明後日の参観日は？　保護者はいらっしゃるの？」

永嶋もさすがに気になるのだろう、真剣に藤木に提案した。参観日は午前中で終わるから、事前に連絡しておけば個人懇談会ができないことはない。

「それが来られないらしくて……お寺もなかなか大変なんですよ。しかも、あいつの家は去年両親が離婚して、家に母親がいないんです」

「ああ……そう言えば去年、そんな話を聞きましたね……」

感慨深げに永嶋は言った。都会に比べれば少ないが、どのクラスにも数名、両親の揃わない家庭の子が存在するのだ。彼の両親は去年離婚し、今はふたつ年下の弟と僧侶である父、祖母の四人家族だという。父は厳しく、成績にもうるさい。兼良は週に二日、有名な学習塾にも通っていた。

「お寺の御住職でも……そんなことがあるんですね」

「ありますよ。私の親戚も寺なんですが、近頃はいろいろと複雑なんですよ」

「ともかく放っておけないな……参観が終わったら、さっそく連絡を取ってみよう」

永嶋が言うのを聞いてますます難しい顔になった藤木は、プリントを元どおりにファイルし直しながら重々しく言った。

週末の授業参観は、その年度初めての土曜参観ということで、たくさんの保護者が小学校にやってきた。

参観授業の経験は何度かある優菜だったが、こんなに大勢の保護者を前にして授業をするのは初めての経験で、この地区の教育熱心さを改めて感じていた。優菜は授業科目に迷っていたが、藤木の薦めで子ども達が好きな体育にした。その結果比較的のびのびとした授業展開を見てもらえることができた。暑くても、子ども達は元気だ。

「ゲームセット！」

優菜の吹く笛がミニバスケットボールのゲームの終わりを告げる。低学年に体育館を譲ったため、グラウンドでの授業である。雨が降らなくて幸いだった。もし雨天の場合は教室で保健の授業にする予定だったが、それは優菜も子ども達も避けたいところだった。

「はい！　体育委員、ボール集めて！　集合！」

優菜は声を張り上げた。

「はい、どちらのチームもよく頑張りました。点差も広がらずにいいゲームだったと思います」

優菜の講評に木陰で参観していた保護者も微笑んだり頷いたりしている。若い担任に一応の評価を下した模様だ。

「せぇいれ〜っ！　礼！　これで体育を終わります！」

日直の号令で授業は終わり、優菜は一気に噴き出した汗を拭った。ともかくひとつ行事を終えた。

このところ気温も湿度もぐっと上昇し、曇り空でも汗が滲む。今日も暑い割に空模様はよくなく、銀色の厚い雲が広がっている。午後からは雨の予報だった。

授業を終えるとホームルームを済ませて今日は終わりだ。しかし、職員室に帰ってきたとき、藤木が難しい顔をして考え込んでいるのが目に入った。たしか彼のクラスは社会の参観だった。藤木の得意科目である。普段なら軽口のひとつも叩きそうなのに、唇は引き結ばれたままである。

「先生、どうなさったんですか？　参観でなにか？」

「ああ、羽山先生、初めての土曜参観はうまくいった？」

「ええ、お陰さまで。先生は？」

「俺？　俺はノープロブレム。参観はね」

「なにか……」

珍しく奥歯に引っかかるような藤木の言葉が優菜をはっとさせる。

「柏木が来なかった……」

「えっ⁉」

「本当に？」

優菜に加えて永嶋も同時に声を上げた。

「無断欠席だ。これからすぐ、家に行って様子を見てきます」

そう言って藤木は職員室を飛び出した。


「……藤木先生は大丈夫でしょうか？」

どんどん暗くなる空を見上げて優菜が永嶋にたずねた。彼が出ていってから、すでに一時間以上経っている。その間一度も連絡はない。

「彼のことだから、うまく事情を聞き出すと思うんだけど……心配は心配よね。藤木先生じゃなくて柏木君がね」

「予想以上に困った事態になっていると？」

「思っていたより事態は複雑みたいね。心配だけど、連絡が来ない以上、待つことしかできないわね」

永嶋はさすがに予見していたらしく、重々しく言った。

「そうですね……」

永嶋が窓の外を心配そうにながめる。

「あ、ついに降ってきたわ。これはひどくなりそう」

永嶋の言葉どおり、窓ガラスを大粒の雨がバラバラと叩き出していた。空は一気に暗くなった。

そのとき、職員室の向こうから同僚が声をかけてくる。

「羽山先生、校長先生がお呼びですよ、学年主任も、できれば来てくださいって」

なんだろうと顔を見合わせ、優菜は永嶋と校長室に向かう。

「失礼します」

出迎えたのは校長と教務主任だった。

「仕事中にすまないね」

「いえ……」

「羽山先生。実はさっき匿名の保護者から電話があってね」

困ったような顔をしながら校長が切り出す。

「私に……ですか？　なんでしょうか？」

匿名の保護者からの電話と聞いただけで、優菜の心臓が跳ね上がる。そしてそれは嫌な鼓動を刻んで優菜の足を震えさせた。

「自分の子どもを初任者の担任が受け持つ上に、初めての授業参観が体育だとは何事だというクレームだった」

「……どういうことでしょうか？」

「いや、気分の悪い話だろうが、とにかく聞いてくれ。話の内容からすると、この保護者は今日の参観には来ていなかったようなんだけど、今日君のクラスに欠席者はいたのかな？」

「いいえ、児童は全員出席です。保護者は約八割の出席でしたけど」

「そうか……ならとりあえず子どもは来させたんだな？　つまりこの親は自分の子どもをベテランの教師に持ってもらいたかったんだそうだ。来年の中学受験のためにも。それでも我慢をしていたところ、参観内容が体育だというのでいたくがっかりしたとお怒りでね」

「ですが科目は会議で調整するから、羽山先生に責任はありませんよ」

学年主任の永嶋が優菜を庇うように一歩前に出た。

「そうだ。私もそう伝えたよ。だが、保護者は若い教員だから、国語や算数などのいわゆる受験科目に自信がないのだろうなどとまくし立ててね。結果的にすっかり不信感を持ったと言うんだ」

「そんな一方的な……」

「そう。ようするにクレーマー、つまりはモンスター的なあれだな」

「モンぺってやつですか？」

永嶋が怒ったように言った。モンぺとは、勝手な言い分を盾に学校にねじ込んでくるモンスターペアレントのことである。

「羽山先生、気にすることはないわ。そういう親ってたまにいるのよ。匿名ってところがまだ可愛いって感じかしら？　たぶん新興住宅地区の人だと思うけど、誰の親だか心当たりはある？」

「いいえ……家庭訪問であなたが新任ですか？　とたずねられた保護者は数人いましたけど、あからさまに困った印象を受けた人はいなかったです」

「だからね、羽山先生。そういうもんなんだよ。私も羽山先生がどんなに熱心で、子ども達に慕われているかも説明したけど、学校の事情やシステムを理解しようとしないで、一方的に言いたいことだけ言う人がたまにいるんだ」

「……」

「私には職員を守る義務があるからね。授業も見ないで言いたいこと言うのはあんまりだから、次の参観にはぜひ学校まで足を運んでくださいと言ったら、とりあえず納得されて電話を切られたんだが、一応お伝えしたほうがいいと思ってね。気分を害したと思う、すまないね」

校長はそう言って頭を下げた。

「いいえ。丁寧に説明してくださってありがとうございました……」

そう言って優菜は校長室を辞去したが、気分はすっかり塞いでしまった。

永嶋は気にすることはないと言ってくれたが、自分の経験の浅さが保護者に不安を与えるのだと思うとやり切れない。

「私ちょっと教室に寄ります」

優菜は永嶋に頭を下げた。

「わかった。先に戻ってるからね。あまり考え込んでは駄目よ」

「はい、ありがとうございます」

ベテランらしい助言をしてくれる永嶋の背中を見送り、優菜はとぼとぼと階段を上った。

窓の外は校庭の向こうが見えないぐらいの強い雨が降っていた。

昼間とは思えないほど暗くなった空を見上げて、優菜はひとり長い廊下を歩いた。体を動かしていないと憂鬱な気分に心が押しつぶされそうだった。昼間なのに薄暗く、子ども達の姿のない廊下はじめじめと陰気だった。

私は年度初めから、どのくらいの成果を上げたのだろう。子ども達に、よりよい学習と感化を与えてこられたのだろうか？

優菜は授業はもちろん、生徒指導や保護者対応にもまだ同僚の助言を必要としている自分が情けなかった。

仮に私が母親だったとしたら、やっぱり自分の子どもの大切な時期には、経験豊富な先生に受け持ってもらいたいと思うだろう。それが普通なのだ。でも今私にできることは、若さを嘆くことじゃない。真摯にこつこつと実績を積み上げて、信頼を得ていくことなんだ。なんだけど……今日みたいなことがまたあったら……。

ふと優菜の足は止まってしまった。不安が一気に迫《せ》り上がる。

「もう！　また、ぐるぐる考えてる！　こんなんじゃ駄目！」

ひと声上げて、誰もいない廊下を走りはじめる。これが児童だったら絶対に注意をしているところだ。しかし足は止まらなかった。立ち止まると、ドロドロしたものに沈んでいきそうになってしまう。階段を一気に上がって三階の廊下も全速力で駆け抜ける。誰も見ていないのが幸いだった。

「はっ……はっ！」

広い敷地を持つ、葛ノ葉小学校名物、百メートル廊下を二階分走り抜けると、さすがに息が切れ、優菜は背中を屈めて呼吸を整えた。けれど、心の重しが呼気と共にほんの少し軽くなったような気がする。

薄暗い廊下が一瞬だけ白く照らされた。稲妻が走ったのだ。遅れて雷鳴が轟《とどろ》く。それがかえって優菜を奮起させてくれた。

こんなところにひとりでいては駄目だ。切り替えなくては。職員室に戻ってなにか実のある仕事をしよう。そろそろ藤木も戻る頃だろう。

「ああ、羽山先生！　藤木先生ね、今さっき帰ってきて、またすぐ出ていっちゃったらしいのよ。今度は車で。どうしたのかな？」

職員室に戻った優菜に永嶋は開口一番そう告げた。

「え？」

彼女の話によると、優菜たちが校長室に行ってからすぐ、藤木はいったん職員室に戻ってきたらしい。しかし、すぐに電話がかかってきて、再びバタバタと出ていったというのだ。

「なんか、難しい顔だったらしいけど……まぁ彼のことだから大丈夫だと思う。私達にも先に帰っていてくれって伝言を残してくれたみたいだし」

「時間がかかるってことですね」

「そうね。家庭訪問はうまくいったのかな？　電話は誰からだったんだろう」

心配そうな永嶋に、近くの同僚が手を上げた。低学年の担任の教師だ。

「あ、私知ってます。その電話、私が受けたんですよ」

「どなたからだったんですか？」

優菜がたずねた。

「冬木さんでした。ほら、駅前の大きな酒屋の若主人。藤木先生ってご指名だったんです。でも、特に嫌な印象ではなかったですよ」

同僚の言葉は優菜をひどく驚かせた。

え？　なんで？　どうしてあの人が藤木先生を……。


藤木が戻ってきたのは、それから二時間後、嵐がようやく去りつつある頃だった。職員室にはもう人があまりいない。

「ただいま。遅くなりました。待っててくれなくてよかったのに」

「いえ、永嶋先生が用事があって帰られたんで、せめて私だけでもと思って、待っていたんです。とても心配だったし。永嶋先生からは先に帰ってごめんなさいという伝言を預かっています」

「ああ、ありがとう、ごめんな。連絡も入れなかった俺が悪い」

「柏木君のお家に家庭訪問されたんですよね？　いったん学校に戻ってまた出かけられたとか」

優菜は志郎の名前を出さずにたずねた。

「うん、そうだよ。今日はたまたま車で出勤してたんだけど、それがもっけの幸いだった。まさかこんな嵐になるとはね」

「それでどんな事情だったんですか？　私が聞いてもよければ、うかがいたいんですが」

本当は優菜は聞きたくてたまらなかったが、児童の家庭事情に関わることだったので慎重に言葉を選んだ。

「ああいいよ。でもここじゃなんだから、教室へ行こう」

「はい」

優菜は藤木とともに、三階の教室へと足を運んだ。そして、児童机に向かい合って座る。

「それがね、今日の事の発端は柏木の万引きだった」

「万引き！」

優菜は驚いて声を上げた。上げてから慌てて自分の口を塞ぐ。ここが職員室でなくてよかったと思った。

「そう、万引き。それも冬木さんの店でしでかしたんだ」

「……」

つまり兼良は授業参観をサボって、志郎のリカーショップで万引きをしていたということか？

優菜は言葉を失った。

「先生は冬木さんと会ったんですか？」

「ああ、午後に電話で国道沿いのファミレスに呼び出されて、事の顛末《てんまつ》を詳しく教えてもらった」

「……」

「話は長くなるけど、冬木さんから教えてもらった話はこうだ」

藤木は楽な姿勢で話しはじめた。

＊＊＊

「こらっ！　ちょっと来い！」

志郎が店の奥のほうで品物を並べていると商品棚の向こうで騒がしい声がした。

「なんだ？」

そちらへ顔を向けると、学生アルバイトが少年の腕を摑《つか》んでいる。

「どうした？」

「あっ……店長、こいつが菓子を万引きして……この間から時々やってきて様子がおかしいとは思ってたんですが、今現場を押さえたんです」

「……小学生か」

志郎は観念して項垂《うなだ》れたままの少年を眺めた。膝が小刻みに震えている。初犯ではないかもしれないが、見つかったのは初めてだったらしい。背負っている青いリュックサックには見覚えがあった。

「お前……葛ノ葉小か？」

「……」

「俺はそのリュック知ってんだ。さっさと認めてしまえ」

志郎が促すと、小さく頭が下がった。

「何年生だ」

「五年……」

俯いたままの頭で少年は小さく答えた。消え入りそうな声だった。

「五年か……ひょっとして羽山先生のクラスか？」

少年は急に知っている名が出たからか、はっと顔を上げ、初めて志郎を見上げた。背は小学生にしては高いほうだろうが、眼鏡をかけたやせっぽちの男の子である。気も弱いらしく、志郎と少し目を合わせただけで、すぐに俯いてしまった。暑さからではない汗が首筋を伝っている。

「どうなんだ」

「ちが……僕は三組の藤木先生の……」

ああ、藤木先生か、と志郎は顎を引いた。

「店長、どうします。親に連絡しますか？　初犯じゃないっぽいし……なんなら警察に突き出しても……」

アルバイトの青年は脅かして言ったのだが、少年は警察という言葉に怖れをなしたのか、急に顔を歪《ゆが》めて泣き出した。

「ごっ……ごめっ……なさっ……ううう……うあああ！」

「脅かしてごめんな。事務所で話を聞こう」

志郎は青年から泣きじゃくる少年を引き受けると、奥の事務所に連れていった。事務所には誰もいない。少年を来客用の椅子に座らせると、自分も斜め向かいに腰をおろす。少年はまだ泣きじゃくっている。ハーフパンツから出た傷だらけの細い膝小僧が、志郎の目に痛々しく映った。

「いいから泣くなって。これでも飲んで落ち着け」

オレンジジュースのボトルを少年の前に置いてやる。しかし、少年は顔を膝に埋めて震えていた。

「すみません……もうしません……もう二度としないから親には言わないで……」

「とにかく話してみろ。なんであんなことしたんだ。今日は土曜日だけど、リュックを背負ってるってことは学校があったんだな」

「……」

「言わないのか。それとも言えないのか？　だったらもう俺の手にはあまる。親御さんに叱ってもらうしかない」

そう言って志郎は少年のリュックサックを手に取った。たしか背面に名前などを書く部分があったはずだ。

「ま、待って！　言います。言うから！　お父さんには言わないで！」

少年はがばりと身を起こすと志郎に奪われまいとリュックにしがみついた。普通親に話すと言われただけでこれほど取り乱すだろうか？　この怯《おび》え方は尋常ではないと感じた志郎は、ゆっくり話を聞くことに決めた。

「いいから落ち着け……俺はお前の悪いようにはしないから、とりあえず話してみろ。名前は？」

できる限り穏やかに志郎は促した。

「か……柏木」

「柏木？　ひょっとして浄命寺の柏木？」

「そ、そうです。知ってるんですか？」

「うん。顔が広いのが取り柄だからな。お前は上の子か？」

こくりと少年の顎が下がった。志郎がずり落ちそうになっているリュックの名札を見ると五年三組柏木兼良とマジックで書いてある。寺の子らしい名前だ。

「ウチの店で何回目だ」

「三回目……最初はちょっとした気持ちだったんです……お父さんに叱られて腹が立って駅前のコンビニで……ガムを取って……」

「けど、それだけで終わらなかったんだな。誰かに脅されでもしたか？」

兼良は目に見えて震えはじめた。どうやら図星らしい。

「やっぱりな。お前だけの考えじゃないことくらいわかる」

「……ガムを取ったとき、先輩達に見られてて……言いつけられたくなかったら……」

「俺達の言うとおりにしろって？」

断定的な言葉に兼良はもう観念したかのように力なく頷いた。

「は……はい」

「先輩ってのは？」

「い、言えませ……」

「言いつけたら仕返しされるか。だけど、俺も悪ガキだったから、こういうことには慣れてるんだよ。仕返しされないやり方もあるから、とにかく言ってみろ」

志郎は適当に嘘も混ぜながら、震え上がっている少年を勇気づけるように言った。少年は最初志郎を怖がっていたようだが、話を聞いていくと、彼の両親は去年離婚し、今はふたつ年下の弟と僧侶である父、祖母の四人家族だという。父は厳しく、成績にも煩《うるさ》い。兼良は週に二日、駅近くの有名な学習塾にも通っていた。万引きをしたのはその帰りのことらしい。

「父さんは忙しいし、弟は僕ばっかり頼るし、なんかいろいろ嫌になって、ちょっと悪いことをしてやろうと思ってしまったんです……」

ガムをふたつポケットに入れたところを、葛ノ葉小学校の卒業生だという、中学生の男子生徒三人に見られてしまった。そのうちのひとりが兼良の顔見知りで、自分が寺の子だということも知っていた。ひと月ほど前のことだった。

「それからちょくちょく、塾の帰りとかに呼び出されるようになって……」

菓子や小さな玩具などを盗ってこいと言われるようになり、兼良は父にバラされるのを恐れるあまり万引きを繰り返していたという。コンビニの次は商店街のおもちゃ屋で、その次が志郎の店だったというわけだ。

「ふん……なるほどな。中学生は陵東中《りょうとう》の奴らか？」

兼良の頭が下がった。葛ノ葉小学校の卒業生はほとんど陵東中学校へ進学する。志郎も卒業生だ。特に荒れた学校ではない。しかし、中には悪さをしたがる子どももいるだろう。

「名前は言えるか」

志郎がそう言うと兼良は本気で震え出した。よほど仕返しが怖いらしい。志郎は安心させるようにその肩を叩いてやった。

「大丈夫だ。これでも俺は昔喧嘩が強かったんだから。お前は正直に話した。悪いようにはしないから、俺に言ってみろ」

兼良はまだ躊躇《ためら》っていたが、しばらくするとおずおずと数人の名を告げた。

「ひとりは同じ遠山《とおやま》町の坂野上《さかのうえ》君……あとは坂野上君の友達でよく知らないけど、沖田《おきた》と大野《おおの》って呼ばれてた」

「なんだ、遠山町の坂野上か。よく知ってるよ。配達先だし、親父同士は知り合いだ」

「ええっ」

「昔は農家だったんだ。今でもでっかい古い蔵があるだろう」

「そっ……そうです」

そこまで言い当てられて兼良は観念したように頷いた。志郎も複雑な思いで考え込む。

地元のもんが寺の子をいじめるとは世も末か。昔は寺も僧侶もそれなりに敬われていたが、今はそうではないらしい。

「そんで、柏木。そんな事情なら、さっき盗ったもんを坂野上に渡しに行かなくちゃならないんだろ？」

どうせ渡すのは品物だけではあるまい。この怖れようなら小遣いも巻き上げられているに違いないと志郎は踏んだ。だが、これ以上この気弱そうな少年を追及しても仕方がない。でもこのまま見過ごせなかった。

「待ち合わせ場所はどこだ。そんな顔しなくていい。俺にまかせろ。悪いようにはしないから」

「おじさん……本当に？」

「おじさんってなぁ……俺はお前の担任よりも年下なんだけどな。たしかに老け顔かもしれないけど」

志郎はぶっすりと言った。

「……とにかくまかせとけ」

志郎はそう言って立ち上がり、ガレージへと向かった。


遠山町はこの地区でも人口が少ない地域だ。田畑や空き地が多く、志郎が車から降りた辺りは休耕地で昼下がりなのに人の姿は見えない。古い農家が点在し、所々に農機具などを入れておく倉庫が細い地道沿いに建っている。そのうちのひとつに軽トラックを隠した。無断借用だが知り合いの家のものなので、あとで断りを入れようと思う。

その倉庫の近くの扉のない物置小屋、そこが兼良が伝えた待ち合わせ場所だった。急に暗くなってきたので見上げると、空模様が怪しくなってきている。

けれど絶対に、彼らはのこのこやってくると志郎は思った。

案の定、やってきた三人組は、格好からして到底真面目な中学生とは言えなかった。茶髪にピアス。変な組み合わせのシャツとズボンをだらしなく身につけている。

「遅かったじゃないか」

志郎は上背を利用して甘えきった少年達を見おろした。彼らは突然現れた男にびくりとしながらも、精一杯の虚勢を張って肩を揺らす。数で自分達が有利と踏んでいるのだ。

「ああ、お前は知ってる、坂野上の末っ子。兄貴はもう少しましな男だったけどな。あとは沖田と大野か」

「あ？　誰だよ、お前」

「俺？　俺は冬木。お前の親父に駅前の冬木だって言えばすぐにわかる」

「その冬木が俺達になんの用だよ」

「柏木の坊主を警察に突き出そうと思ってるんだけどな、あいつだけ突き出すのも不公平だろ。だからついでにお前らも、って思ってさ」

「……こいつ！」

志郎が坂野上と向き合っている間に、こっそり後ろにまわっていた一番背の高い少年が志郎の脇腹に蹴りを入れてくる。そんなことだろうと予想していた志郎は前腕で受け止めると、相手は体勢を崩して尻餅をついた。その隙を狙って坂野上がパンチともいえないようなフックで打ち込んでくる。打たれてやってもいいくらいの弱い攻撃だが、遊んでいるわけにもいかないと思い返し、志郎は体を反らせて躱《かわ》すと、少年は自分から前のめりに転んだ。志郎はなにもしていないのに、ふたりとも反撃する気力をなくしたようだ。

全く喧嘩慣れしていないのがよくわかった。これでよく、こいつら恐喝なんてできたな、と志郎はあきれる。

「おっと。友達はほうって行くのか？」

ひぃと叫んで逃げ出そうとする残りの少年の手首を摑み、へたり込んでいるふたりの隣へ座らせた。

「慣れないことはするもんじゃないよ」

志郎は穏やかに言った。

「おい坂野上。柏木からなにをカツ上げした？　菓子や玩具《おもちゃ》だけじゃないだろう？　いくらせしめた？」

「……知らない」

「とぼけたって駄目だ、観念しろよ。お前の兄貴に聞けば知ってると思うけど、俺も昔は悪ガキだったんだ。だからお前らの考えてることぐらいだいたいわかる。蛇《じゃ》の道はヘビって言葉知ってるか？」

志郎の言葉は相変わらず静かで、それが中学生達には脅しになったらしい。鍍金《めっき》の剝《は》がれた彼らは目に見えておどおどしはじめた。

「あいつの家は寺だからな。一度に結構カツ上げできたんだろ？　一万か、二万か？」

志郎の友人にも寺の息子がいるからわかるのだが、寺には割合現金が置いてある。檀家《だんか》からの布施《ふせ》などが場合によってはそのまま簞笥《たんす》に入れられていることもあるから、管理のいい加減なところだと、少しぐらい抜き取っても気がつかない可能性もある。そうと知ってのカマかけだったが、見事に当たりだったようだ。中学生達の顔色は一気に青くなった。

坂野上の唇は白くなりはじめている。

「い……一万ぐらい……それ以上は親にバレるって泣くから……」

「ふぅん。で、何回ぐらいだ？」

「一回だけです」

「本当だろうな？」

志郎の声が幾分鋭くなったのを察して少年達が、尻をずらせて後退した。

「ほっ、本当ですっ！　少し脅しただけでほんとに持ってきたときは俺達だってビビった」

「ふん、なるほどな」

たぶん嘘は言ってない。なし崩しに言いなりになった兼良を恐怖に陥れることが、面白くてやめられなかったのだろう。

「それで話は全部か？」

「は……はい」

志郎は大きくため息をついた。

「子どもにしては大きな金が絡《から》んでいる。学校と警察には伏せておいてやってもいいけど、お前らの親には伝えないといけない。通報義務ってヤツだ。大人としての」

志郎は初めて語気を強めた。

「お前らも観念しろ」

坂野上の顔が一層青くなった。よほど父親が怖いのだろう。その辺りはさっきの兼良と大差がない。

「安心しろ。いくらおっかなくったって親は親だ。厳しくても愛ってもんがある。たっぷり叱ってもらえ。それから柏木を逆恨みして、仕返しとかするんじゃないぞ。そんなマネをしたら、今度は俺もこんなに優しくはしない。二度と柏木んとこの坊主に関わるんじゃないぞ。わかったか！」

志郎が低く言うと、中学生三人は這いつくばったまま、こくこくと頷いた。

「坂野上」

「……は、はい」

リーダー格の少年はすっかり怖気づいて小さくなっている。

「お前の親は知ってる。厳しいがちゃんとした人だ。話しづらいかもしれないが、兄貴もいいヤツだ。悪さも少しならいいけど、度を越すな。特に弱いものを相手にするのはかっこ悪いぞ」

坂野上の父は地区の役員なども務める保守的な人物である。坂野上の兄は、志郎の高校の後輩だ。地元の人間なら名前を聞いただけで、だいたい顔と素性がわかるのがこの地域だった。

「しないっ！　もうやんないから、だから……家には言わないで！」

坂野上は半泣きで叫んだ。

やれやれ、どいつもこいつも親父怖しだな……。

「坂野上。これでよくわかったろ？　お前らは自分で考えているほど、大人でもワルでもないんだ。ただの子どもだ。でも、やったことのケジメだけはつけなきゃいけない」

志郎の諭《さと》しに坂野上は逆らう気力をなくしたらしく、顔を上げようとしない。親でも教師でもない、地区の大人にコテンパンにやられたことがよかったのかもしれないと志郎は思った。

「後ろのふたりもいいな」

坂野上の後ろで目を逸らしているふたりの少年達も渋々といった調子で頷いた。この少年達は志郎が知っている家の子ではない。雰囲気からしておそらく新興住宅地の子どもだろう。リーダー格が自分の守備範囲の家の子どもでよかったと志郎は思った。

「じゃあ、お前らはもう行け。あとでこいつの親から連絡があるだろうから、今日は家にいろよ。俺はこいつにまだ少し用がある」

「あのさ、ちょっと聞きたいんだけど」

ふたりの少年達が去ったあと、志郎はがらりとおだやかに口調を変えて坂野上にたずねた。

少年は仲間がいなくなった上、雨が倉庫を叩き出して情けない顔をしていたが、志郎の態度の変わり方に目を丸くしている。

「ああ、心配すんな。説教はもう終わりだ。今からはただの世間話だと思ってくれ」

「……？」

「お前はなんであいつをいじめようと思ったんだ？」

「え……？」

「恐喝なんて悪いことだってわかってたんだろ？　きっかけは万引きを見たことだとしても、なんで何度も絡んだんだ。お前の家が厳しいことぐらい知ってる」

「最初は……脅かすつもりなんてなかったんだ……けど、あいつん家も、親父がうるさいのは知ってたから、ちょっとからかってやれと思って……でも、どんどん言いなりになっていくあいつを見てたら、楽しくなってきて……やめられなくなって」

「もういい。よくわかった……」

聞いているうちに気分が悪くなってきた志郎は、自分から聞いたくせに少年の話を遮った。

ひっどい話だよな。

胸のうちで呟く。しかし、もういいという言葉を都合のいいように解釈した坂野上は、恐る恐る顔を上げてにきび面を晒した。

「おじさん。ほんとにもう怒ってないの？」

「怒ってない。お前も親父に叱られたらあとは自分で考えるんだ。俺だって間違ったことをいっぱいしてきた。未だに自分を許せてないことだってある……家まで送ってやる、立てよ。あと、おじさんとか言うな」

それから家まで送り、坂野上の家に着くと志郎は、平謝りの母親と祖父母に最低限の説明しかせず、本人に詳しく聞くようにと言い置いてきた。父親は不在だった。

志郎は県道に入る手前で車を停めると、ポケットから携帯を取り出す。少し思案して呼び出した番号は葛ノ葉小学校だった。そして、藤木を呼び出した。

＊＊＊

「とまぁ、冬木さんの話はこんな内容だった」

「そんなことが……」

優菜は竹中渉の一件で、志郎が子どもに配慮できる男性だと知っている。きっとあのちょっと口は悪いが親しみのある話し方で、少年達から話を聞き出したのだろうと思った。

「でも、暴力はよくないと思うんですけど」

嫌悪をむき出しにして、優菜が声を上げる。

「俺だって暴力は反対だ。でもあの人は俺たちとは立場が違う。先に殴りかかってきたのは中学生のほうだし、彼は躾しただけで一発も殴っていない」

「……」

「親を通じての根まわしだって、俺にはとてもできないやり方だが、たぶん効果は絶大だろう。冬木さんは双方の親には事情を話すと言っていた。学校としてはこれ以上ありがたい話はない。つまり、俺たちは恐喝のことはなにも知らない体《てい》で、無断欠席のことで柏木に話をすればいい」

「そう、なるのですか？」

「それしかないだろ。柏木は母親がいなくなって、父親は厳しい割に留守がちで、誰にも相談できなかった。俺ももっと様子を見ていてやればよかったって反省してる」

そう言うと藤木は、急にリラックスしたように口調を変えた。

「でさ、話は変わるんだけどさ」

「はい？」

「冬木さんは、なんで羽山さんじゃなくて俺に連絡したんだと思う？」

「え？」

「だってさ、俺より羽山さんのほうが近い関係でしょ？　いくら柏木が俺のクラスだからって、普通なら羽山さんをとおして俺に伝えるでしょ？」

「そんなこと……わかりません。男同士だからじゃないですか？」

優菜は困惑して言った。藤木はそんな優菜を見て少し笑った。

「あの人はね、以前の自分がしてしまったことを、たぶん羽山さんが思っている以上に気にしているんだと思うよ」

「え？」

「実はさ、雨宿りついでに、もっと余計な話もしていたんだよ。男同士でさ」

「はぁ」

「俺さ、羽山さんに告白したこと、彼に言っちゃったんだよね。ちょっとあの人の反応が見たくて」

「……」

優菜は言葉を失った。急に体が熱くなる。

「彼、結構ショックだったみたいだよ。頬がびくびく強張っていたもん。感情を必死で押し殺してたみたいだった」

「ショック？　だってあの人には恋人が……」

同級生の田端依子は明らかに志郎に夢中な様子だった。

「詳しくは聞かなかったけど、別れたんだってさ」

「なんでそんなことを私に？」

優菜はなるべく平坦な声を装って言った。

「なんでかな？　俺としてはちょっとした牽制のつもりだったんだけど。ははは、俺も結構いじめっ子かもな。でも、羽山さんには関係ないかもね」

そう言って藤木は席を立った。


その日の夕刻、優菜はロータリーに佇んで商店街の入り口を見つめていた。

空は雲が切れて白っぽい晴れ間が覗きはじめている。雨はすっかり上がっていたが、道路にはまだ所々に水が溜《たま》っていた。嵐が暑気を吹き払い、午前中の蒸し暑さが嘘のようだった。そろそろ帰宅時間となり、駅前は人通りが多くなってきている。

このときの優菜はなぜか彼と話したい気分だった。兼良のこともあるが、憂鬱な匿名のクレームの件もあり、気持ちがざわざわと落ち着かなかったのだ。家出騒ぎを起こした竹中渉のそのあとのことも、あれほど世話になったのだからそれとなく伝えたい。

あれ以来、渉は母親と揉める様子もなく、機嫌よく学校に来ている。心なしか以前より活発になったような気さえする。優菜は見たことがなかったが、渉はたまに志郎の店を覗いたりしているらしい。すっかり志郎になついているようだった。男子の会話の中で、渉が志郎のことを自慢そうに話すのを耳にしたことがあった。志郎は見事に少年の心を捉えてしまったのだ。

あの件でも志郎は校区の大人として、児童に対し適切に接してくれたと優菜も感謝している。

だけど、思い切って来てしまったものの……なんと切り出していいのか。さすがに仕事中だろうし。

そんなことを思いながら、もうこれで十分近く雑踏の中に突っ立っている。商店街の人通りは普段より多いくらいだが、リカーショップに入る客はそういない。傘を持っている人も多いし、なにを買っても荷物になるからだろう。

人通りを透かして見ても大きな背中は見えない。店にいないのかもしれなかった。

やっぱりやめよう。それにもう遅いし……。

今日は雨の予報だったから自転車は家に置いてきたし、今日はこのまま電車で帰ろう。

優菜が帰ろうと駅の方向へ踵を返したとき――。

「さっきからなにをやってんだ？」

見間違えようのない姿が目の前に立ちはだかっていた。


またしてもこんなことに……。

優菜がいくら窓の外に目を凝らしても、車の窓ガラスの向こう側には線路しか見えなかった。なにもない田舎の道である。

「なにやってんだ」と聞いたくせに、優菜の答えはろくに聞かず、「送る」とひと言だけ言われて腕を取られ、すぐ近くに停めてあった軽トラックに乗せられた。

雨上がりの薄暮。灰白色《オフホワイト》の空気の中で志郎の半袖の黒いシャツはやたらと目立つ。ここで押し問答をしても仕方がないと悟った優菜は大人しく、二度目となるベンチシートに収まった。

「強引だったな」

志郎は膝の上にバッグを抱えて黙る優菜に言った。

「いいえ。でもなんで私がいるとわかったんですか？　お店にはいらっしゃらなかったでしょう」

「ああ……配達で駅前のビルの二階にいたんだけど、上からぼーっと突っ立ってた羽山さんが見えてさ」

志郎が説明する。

「ぼうっとしてたわけじゃないんですけど」

「なにか用だった？」

憮然とした優菜に機嫌よく志郎はたずねた。

「用っていうか……」

こうなっては誤魔化しようがない。しかし、説明するのは少々難しそうだった。考えている間に車は停止する。優菜の最寄り駅のすぐ側の細い通りだ。

「ここは……？」

「ああ、ちょうど腹が減ったから飯でも食おうかと思って。この近くにうまい居酒屋があるんだ」

「私は別に……」

「でも、話があるんだろ？　お前の家に上がり込むわけにもいかないし、上げてもくれないだろうし」

志郎はそう言ってにやりと笑った。


その小さな居酒屋は、土曜ということもあるのだろうが、割合混み合っていた。チェーン店ではなく、地元の野菜や肉を使うことを看板にしている店で、垢抜けた感じはないが、味をよく知っている地元の人で賑わっている。騒ぎ立てる若者達の姿もない。

ふたりが暖簾《のれん》をくぐると、衝立で仕切られている奥の席に案内された。志郎はこの店は初めてではないらしく、どっかりと腰をおろすと、慣れた様子で品書きを眺めている。

「えっと、とりあえずビール。お前はなににする？」

優菜にはもの凄い量に思える分量の料理と、ビールをオーダーしたあとで、志郎は瞳を上げて優菜を見た。

「私はいいです。それより冬木さんこそ、まだ仕事の途中では……」

「ああ、羽山さんを見かけてから、兄貴に飯食ってくるって連絡入れたからいいんだ」

どうやら計画的だったようだ。しかし、志郎は自然にビールを注文していたが、これは見過ごせなかった。

「でも車でしょ？　お酒は……」

「ああ、それもいいんだ。あとで誰かに取りに来させるから」

志郎はおしぼりで手を拭きながら、なんでもないように答える。

「……へぇ」

金持ち息子め、と思ったことが顔に出たらしく、志郎は照れたように笑っていた。

ほどなく飲み物が運ばれてきた。瓶ビール。グラスはふたつ添えられている。優菜がグラスに手をつけてもいないのに、志郎はさっさと杯を満たした。

それにしてもよく食べるなぁ……。

優菜がなにも話そうとしないのを咎めもせず、志郎は次々に運ばれてくる料理を忙しく平らげている。優菜のほうを見ようともしない。ちょっと話をするだけのつもりだったのに、きっかけが得られず、間が持たなくて居たたまれない。そしてなにより困るのは、実は優菜もかなり空腹だということだった。

今日は土曜日で給食はない。昼はサンドイッチひとつしか食べていなかった。そんなに遅くなるつもりはなかったからだ。いらないと言った筈なのに、視線は知らず知らず大根と鶏肉の煮物や、蒟蒻の田楽に彷徨《さまよ》ってしまっていた。大根は大振りのもので、芯まで色が変わるほどよく煮込まれている。全体的に料理の好みが志郎と同じだというのもなんとなく悔しい。

「食えよ」

優菜の思いを知ってか知らずか、タイミングよく志郎が促す。

「……じゃあ少しだけ」

少し食べると食欲が出てきて、煮物、焼き物、そしてサラダへ次々と箸を進めてしまう。料理はどれもおいしかった。家の近所にこんないい店があると、今まで知らなかったのが残念なくらいだ。食べるとやはり喉が渇き、ほどよく冷えた金色の液体に手が伸びる。

「……うまそうに食べるなあ」

「え!?」

驚いて箸を止め、優菜は正面を見た。そこにはいつの間にか箸を置き、大きな手で顎を支えながら自分を見つめている志郎がいた。

「この前は、俺が出しゃばるから怒ってたんだろうけど、結局うどん全部食ったし。昔からそうだったよな？　給食も残さず全部食べてさ……」

　そんなことまで覚えられていたのか、と優菜は驚いた。昔のクラスメイトからは大食いだとか、貧乏だから食い意地が張っているんだとか、よく陰口をたたかれたものだ。たしかに家は貧しく、母も体が弱かったため、おやつなどを買ってもらえたことはあまりなかったし、朝は買い置きのパンを頬張って学校に行ってたので、温かいものが食べられる給食はとてもありがたかったのだ。

　しかし、いくら空腹だったとはいえ、そんなに自分はガツガツと食べていたのだろうか、少し反省した。

「俺も食うことが好きだから、うまそうに飯を食べるヤツはいいよ」

　優菜が眉を顰めたのを見たからなのか、志郎はそう言って気持ちよさそうにビールをあおった。かなり飲めるクチらしい。

「いつも駅まで歩いてるのか？　遅くなるときもあるんだろ」

「……普段は自転車で。今日は家に置いてきたんです」

　話題が変わったことにほっとして優菜は説明した。

「……そうか、ここは田舎だからな。街灯は少ないし、遅くなるときは気をつけろよ。俺が空いてるときなら送れるんだけど……」

「……ええ、ありがとう……でも大丈夫」

なんだか、拍子抜けする。いたって普通だ。さっきまでどうしていいか途方に暮れていたのに。なんで今、自分はこんなに普通に話せているんだろう。

「それで？」

「え？」

「なんか話があったんだろう？」

そうだった。優菜は本来の目的を思い出した。

「店先で十分間も逡巡《しゅんじゅん》するほど、したい話だったんだろ？　言えよ」

「……」

優菜は腹を括った。

「……今日の柏木君の件で藤木先生から顛末《てんまつ》を聞いたので、お礼を言いたいと思って」

「ああ、やっぱりその件か。藤木さんなにか言ってた？」

呼び方が藤木先生から藤木さんになっている。今日一日で親しくなったのか。

「冬木さんが地域の大人として、うまく事を収めてくださったのでありがたかったって」

「たいしたことはしてないけど。駅前で店やっているといろんなことを目にするんだよ」

「悪い中学生を叱ってくださったって」

「まぁ、結果的には。けど俺にはあいつらに説教できる資格なんかないよな」

志郎はひとつため息をつく。

「転校生で立場が弱い羽山さんを俺は姑息《こそく》にいじめた。だけどお前は全然相手にしなくていつも毅然《きぜん》としてて、俺は……負けたような気がしてどんどん卑怯者になった」

　志郎は苦々しく言った。

「結局いじめってやつは、相手が弱かろうが悪かろうが自分に都合のいい理屈をくっつけてやるんだ。だんだん快感が伴って、相手のことなんて考えられなくなる。俺も羽山さんがこの街を出ていかなかったら、それに気がつかなかった。どうなってたんだろうな……何度も思い返しては苦いものを食ったみたいな気分になってた……いじめてた俺でさえそうだから、お前はもっとしんどかっただろう」

「……」

　自分も苦しかったが、志郎もずっとそうだったのだ。けれど彼は、そのことを認めながら自己満足だけの謝罪はしないでいる。優菜が心からかつてのできごとを許すときを待ってくれているのだ。

「……柏木君はもう大丈夫そうなんですか？」

　優菜はあえて話題を戻してたずねた。

「大丈夫だと思う。嫌な柵を切ってやったしな。あとは家の問題だ。浄命寺の柏木も坂上も親はしっかりしているから、自分たちでなんとかするだろ」

「私はわからないけど、この地域じゃそうなるんですね」

「良くも悪くも古い街だから。最近は新興住宅も増えたよ」

「竹中君はあれ以来元気に学校に来ています。将来のことはとりあえず棚上げみたいです」

「ああ渉か、たまに店に来る。十分くらいいて、すぐ帰っていくよ」

「そうみたいですね。ありがとうございます」

「いいって。あ、お姉さん、冷酒持ってきて！　冷酒！　松柏《しょうはく》！　お前も飲む？」

「飲みません。それにまたお前って……」

優菜は軽く注意した。さっきから何度もお前と呼ばれている。しかしもう、以前ほど不快に思っていない自分がいる。このところ立て続けに、志郎が子ども達のために尽くしてくれたからだろう。

「あ、つい。すまん、羽山さん、俺もう少しだけ飲んでもいい？」

「……どうぞ」

松柏というのは地酒のようだ。なぜか志郎は嬉しそうだった。酒のせいだろうか？

「なに？」

「いえ……なんだか楽しそうだなって思って……」

「そう？　やっとお……じゃない、羽山さんから俺に絡《から》んできてくれたからな」

志郎は運ばれてきた冷酒を前に並べた。いらないと言ったのにやっぱり切子《きりこ》ガラスのぐい呑みがふたつ添えられている。

「少しだけ飲まない？　この酒うまいんだ」

「お気使いなく」

「そっか」

気を悪くした様子もなく、志郎は優菜の杯にも酒を注ぐとひとりで杯を傾けた。卓の上のものはあらかた片づいている。優菜も結構食べた。志郎は手酌でほろほろと飲んでいる。沈黙が続いたが、さっきのように気まずくは感じない。お互い少し慣れたからだろうと優菜は考えた。

「——なったんだ？」

「えっ？　なんですか？」

どうやら優菜は少し考え込んでいたらしい。志郎の声にはっとした。

「なんで羽山さんは教師になったんだ？　って聞いたんだ」

「ああ……なんでって……なんでかな？　学校が好きだったから……かな？」

志郎の質問に注意深く答えたが、彼は少し驚いたようだ。

「え!?　本当に？」

「いじめられてたのにって言いたいんですか？」

「……いや別に……」

誤魔化したようだが、志郎がそう思ったことに間違いはないと優菜は皮肉に言った。

「だって、いじめられてたのはここにいたときだけですから……友達はあんまりいなかったけど、学校は好きだったんです。勉強も好きだったし、先生達は親切にしてくれたし。私は所謂《いわゆる》かわいそうな事情の子だったから……」

「ふ〜ん……」

「それに安定した仕事に就《つ》きたかったのもあるし」

志郎が複雑な顔を見せたので、優菜は急いでつけ足した。嘘はついていない。早く自分の力で立ちたかったのだ。

「なんですか？　じっと見て」

「あ、いや。酒、注《つ》いだ分だけでも飲めば？　と思って。もったいないだろう」

「……じゃあ、少しだけ」

志郎の言葉に素直に優菜は頷き、杯に口をつけた。

「おいしい……」

「だろ？　俺の親戚が造ってるんだよ、もっと山手のほうで」

その酒は、口に含むと少し辛口で、優菜の好みの味だった。胃が満たされてさらに暖かくなり、今日のできごとが溶かされていくようだ。

「疲れてるみたいだな。仕事が大変なのはどこも同じか。そろそろシメを頼む？」

「あ、いえ、私はもうお腹いっぱいで」

志郎の言葉で優菜は切子の杯を置いた。

「そっか……じゃあ、俺もやめとこ」

通りがかった店員が空いた皿を手際よく下げてゆく。ずいぶん食べたものだ。いつの間にかさっきまでの重い気分が軽くなっていることに気がついて、優菜は急に照れくさくなった。

「……帰る？」

「うん……はい」

店の外に出ると辺りはすっかり暗くなっていた。店の周辺はそれでもまだ明るかったが、駅から少し離れるともう住宅街は静まり返っている。涼やかな空気が優菜の少しのぼせ気味の頭を冷やしてくれた。

「近いので送っていただかなくても大丈夫です」

「こんな暗いとこに女ひとり放り出すほど鬼畜じゃないし」

「でもまだ仕事中だって、さっき……」

「ああ、あれ嘘。いくら俺だって仕事中に酒飲んだりしないよ。兄貴にはちゃんと言ってある」

「……え？」

「迷惑だった？　強引に誘って」

「いいえ、元々話があったのは私でしたから」

優菜は小さく答えた。

「正直だな」

ふたりで細い道を歩いている。どうやら送ってもらうことは決定事項になっているようだ。仕方なく優菜は志郎の背後から少し離れて歩いた。民家の庭から零れそうに咲いている紫陽花《あじさい》が夜目にも鮮やかだ。

「また……飯に誘っていい？」

振り向いた志郎と優菜の目がかっちりと合う。優菜は答えなかった。

「当たり前だけど……なかなか柔かくならないな……」

志郎は黙り込んだ優菜を見て仕方なさそうに笑った。

「紫陽花はまだ綺麗だけど、今日の雷で梅雨も明けたかな？」

志郎は雨を含んで重たげに頭を下げた紫陽花を指して言った。

照明の少ない暗い通り。それを照らすように咲く紫陽花の道を志郎と優菜は並んで歩く。

「ここです……ありがとう」

平凡だが、真新しい二階建てのハイツの前で優菜は足を止めた。礼を言って帰ろうとした肩に手をかけられる。大きくなった優菜の目を志郎が見ていた。

「藤木さんに告られたんだって？」

「……あなたには関係ないことです」

藤木からそのやりとりのことを聞いていた優菜は、用意していた言葉を簡単に伝えた。

「たしかに。でも……まだチャンスがあるのかな？」

「チャンス？　なんの？」

「とりあえずはさっきの話。また一緒に飯食べに行きたい」

「……冬木さんは忙しいでしょう？」

「それは遠まわしに、俺と会うのが嫌だってこと？」

志郎は少し苦しげにたずねた。

「……嫌というか……私は仕事をはじめたばかりで、今は余計なことを考えずにじっくり取り組みたいんです。私、あまり器用ではなくて、一度にたくさんのことをできないというか……」

それは藤木にも言った言葉だった。志郎は妙に納得したように頷いている。

「そうか、わかった。羽山さんは真面目だから嘘はつけないよな」

「いえ……不器用なだけで」

「でも教師だろ？」

「そうですけど」

やや挑発的な志郎の言い方に、優菜はきっとなって返した。だが志郎の目は真摯に優菜を見おろしている。

「俺は昔許されないことをした。だから羽山さんが俺を信用できないことぐらいわかる。けど、俺だって少しは成長したし、なんとか昔のことを挽回したいと思ってるんだ。教師だったら反省して頑張ろうとしている子どもを、遠ざけたりしないだろ？」

「……それは当たり前です。だって、相手は子どもなんだし」

「大人だって一緒だ。それに苦手な人間とうまくやっていくのも、社会人として経験値を上げるって思わない？」

経験値。それが今の自分にもっとも足りないものだった。

「それは……そう思います。でも……だったら、あなたが私の経験値を上げてくれるの？」

「え⁉」

志郎は優菜の言葉に驚いたように目を丸くした。

「いえ、だからあの……」

優菜はなんと言おうか迷ったが、志郎の気持ちは素直にありがたいと思った。

「あの商店街のお店はおいしかったし、今日のお店は家からも近いからまた行きたいと思います」

「本当に？」

「今日はいろいろとしんどい日だったから、あのままひとりでいると滅入っていたかもしれない……話をしてくれて……話を聞いてくれて少しは気が晴れたかも」

「そっか、そう思ってくれるならよかった」

そう言って、志郎は携帯を差し出した。

「羽山さんは嫌かもしれないけど、連絡先、交換しない？」

「え？」

「無理にとは言わない。けど、今日みたいになにか役に立てることがあるかもしれないから。俺、こう見えて顔広いし」

「……」

優菜は差し出された携帯を見ながらしばし考え込んだ。志郎は辛抱強く待っている。

「いい……ですよ」

今日、志郎と過ごして気持ちが楽になったのはたしかだった。優菜も自分の携帯を取り出す。使ったことがない機能だが、赤外線受信とやらでお互いの情報がやり取りできるらしい。

「あ、できた。でも、心配するな、そんなにしょっちゅう連絡しないから」

優菜の心の中を見すかしたように志郎が言う。

「じゃあ、お休み」

優菜が画面を見つめている間に志郎は手を振り、ざりざりと靴音を響かせて歩み去った。弱い街灯の光に照らされた大きな後ろ姿を見送る。

「……変な人」

優菜は自分の感情が処理しきれず、声に出して呟いた。

昔と変わらない自信たっぷりで強引な男。大きな体も、強い目の光も。全て自分にはないものばかり。印象があまりに強くて、残像がいつまでも脳裏に残る。

強くならなければ。

今の自分にとって大事なのは、仕事に専心することだ。孤独な優菜にとって、自分で自分を養うということは重要なアイデンティティだ。そしてできるなら、よりよい中身を伴いたい。

それには過去の幻影にいつまでも囚われていてはいけない。志郎だって大人になっているのだ。優菜に対して贖罪の気持ちがあるからなのだろうが、それでも今の優菜にいい刺激を与えてくれている。

優菜はいつの間にか心が凪《な》いでいるのを感じていた。明日のことは明日考えればいい。今日はもう眠りたかった。ゆっくりとハイツの階段を登る。いつしか空には星が瞬《またた》いていた。

すっかり晴れ上がった夜空は、この季節にしては珍しいほど澄みわたっている。明日はきっと眩しい夏の光に満ちているに違いない。

「私は大丈夫」

優菜は夜空を見上げて言った。側に細い柿の木があり、花が落ちたところには実ができかけている。それはまだ小さく硬い果実だった。

五. 秋晴

二学期がはじまった。

残暑厳しい中、日焼けした子ども達がわいわい学校にやってくる。大きな紙袋からはみ出した工作作品を抱えた子も、くるくると巻いた画用紙をランドセルにさした子もいる。どの子も晴れやかな顔で、朝日が照らす道から校門へと吸い込まれてゆく。

昔と変わらぬ、始業式の風景。

優菜は二階の職員室の窓から、校門を見下ろしていた。まっすぐな一本道が白いリボンのように延びている。学校は登校する子ども達からどのように見えているのだろう。願わくば楽しい学びの場であればいい。かつての自分のように、砂を噛みしめる場所であってほしくない。

そのために自分達が頑張らないといけないのだ。

実は優菜は、一昨日まで二日間、家で寝込んでいた。

夏休みの終わりに二泊三日の宿泊学習があり、優菜は生まれて初めての泊《はく》を伴う行事の引率に神経を使い果たした。あまりに頑張りすぎて帰るなり高熱を出してしまったのだ。

寝込んでいる間、偶然志郎から一度メールがあった。携帯の連絡先を交換してから一ヵ月以上経っての初めての連絡だった。『近くに来たんだけど今から会える？』という誘いに、調子を崩しているからと返信すると、翌日の昼、再びメッセージが入った。『よかったらどうぞ』という内容で優菜が驚いて部屋のドアを開けると、目立たないように新聞紙で包んだクーラーボックスが置いてあり、中にレトルト食品や飲料が入っていた。志郎の姿はどこにもなかった。

優菜はびっくりしながらもお礼のメールを送った。寝込んでいて買い物に行けなかったので、ボックスの中身は正直大変ありがたかった。お陰でゆっくり休むことができたのだ。

それもあって今日は、準備万端で始業式を迎えることができる。

一日《ついたち》は式とホームルームだけで、何人かに忘れ物を注意した他は滞《とどこお》りなくすぎていった。

教室は夏休み中に業者が壁を塗り直してくれたのでピカピカだ。その壁に昨日、優菜は宿泊学習のスナップ写真を掲示しておいた。予想どおり大反響で、たった数日前のことなのに、子ども達はさも懐かしそうにスナップ写真に見入っていた。帰りのホームルームも済んだのに暑い教室に入り浸って、飽きもせず写真を眺めている女子のひとりが、集めた提出物の数をチェックしていた優菜を振り返った。

「せんせーえ」

「ん？　草野さん、なぁに？」

「先生、この写真より今のほうが痩《や》せてるね」

優菜は近づいてその子が指さす写真を見た。それは初日に撮った写真で、その女子と優菜がメインで写っていて、キャンプ場の立て看板が背景に写っている。ふたりとも笑顔で、ピースをしていた。

「そうかな？」

「絶対痩せてるよ！」

たしかにそんな気もする。体重計が家にないので計っていないが、なにしろ二日間食欲がなく、食事といえば志郎が持ってきてくれたレトルトのお粥だけだったのだから。

「ほんとだぁ。先生、緊急ダイエット？」

「それ以上どこ痩せんの～？」

「好きな人のためなの？」

まわりの女子達も囃《はや》し立てる。それにしても、子ども達の観察眼は馬鹿にできないと優菜は思った。特に女子達は見るところが鋭い。

「そんなことはないけどね。宿泊から帰ってからちょっと熱出しちゃって……それでかな？」

「へぇ～、そうなん？」

「あ、そういえば、私もちょっと熱出たよ。すぐ下がったけど」

「小林さん、ほんとなの？」

「麻ちゃんは張り切りすぎたんだよ。体育委員とキャンプファイヤー委員だったし」

「なるほどねぇ……やっぱり、張り切りすぎると熱出るんだ」

なんだか自分が熱を出して寝込んだことを肯定してもらったような気がして、優菜は少し女子達に感謝した。

「じゃあ、今日のお昼ごはんはいっぱい食べても大丈夫ね」

「でもせんせぇ、リバウンドするよ。やめなって、ね？」

「……気をつけます」

すべすべのほっぺたをつついて優菜は笑った。少女達もきゃっきゃっと笑う。ひとしきりしゃべったあと、おませな五年生女子を帰らせて優菜は大荷物を抱えて教室を出た。これから、山のような宿題と格闘しなくてはならない。午後からは会議もある。

「やっぱり、学校来るとお腹減るなぁ」

久しぶりに感じる空腹感を味わいながら、優菜は職員室に戻った。


「え？　教育実習生ですか？」

午後からの学年会議の議題もおおむね終ろうとしていた。メインの議題は十月初めに行われる運動会のことだったが、これについては一学期から準備を進めていたので、そんなに手間取ることはない。

「そうなのよ」

学年主任の永嶋が困った顔をする。

「でも、この学年は私が初任者だから、実習生は受け入れられないのでは？」

「それがさ」

ボールペンのキャップを頬に突き刺しながら、藤木が眉を顰める。

「職員朝礼で言ってただろ？　実習生を受け入れるはずだった四年生の大河内《おおこうち》先生が、ヘルニアで三ヵ月病気休暇を取ることになったって。だから、ここには臨時の病休講師が来るはずだ。ベテランが抜けたあとだし学年としてのまとまりを保つためにも、四年に実習生を持てというのは酷《こく》だろ？」

「はい」

慣れない臨時講師に担任を任さねばならない学年に、さらに不慣れな実習生は受け入れ難い。よくわかる理屈だ。

「そして一年と、六年は初めから実習生を取らない特別な学年。あとは二、三年だけど、すでに三人の受け入れが決まっている。実習生は四人。残っているのは五年生だけだ」

「そうなんですか。仕方がないんですね。それで実習生はどなたが？」

「そこなの。藤木先生が体育主任で運動会でもたくさんの仕事があるから、ここはまぁ、私ね」

永嶋が苦笑しながら言った。

「ああ……」

もしかして自分にお鉢がまわってくるのでは？　と内心優菜はビクビクしていたが、ほっと肩の力を抜いた。教諭になって半年で実習生を持つなんて考えられない。

「お願いします」

藤木と優菜が永嶋に頭を下げた。実習生の指導はなかなか神経を使う。四週間の実習期間で、毎日実習簿のチェックをし、その日の講評をせねばならない。そして授業を監督し、研究授業の指導や指導案作成を手伝う。もちろん、通常の業務とは別にである。毎日が精一杯の初任者にできる仕事ではない。永嶋の順当な判断に優菜は感謝をした。永嶋だっていくつもの役割を引き受けているベテランで、決して仕事が少ないほうではなかったからだ。

「それでね、これが名簿。ウチに来るのは……ああ、羽山さんの母校の子だね」

「そうなんですか？」

優菜は永嶋の指す名簿を覗き込んだ。

「松居かおりさんだって。知ってる？」

「いいえ、二年も後輩なんで……」

「そう？　それで、実習生が来るのは九月の第二週からだから、ちょうど運動会の週までが実習期間なの。それはいいんだけど、この松居さんの大学からは、初日に担当教授がご挨拶にいらっしゃるのですって。ご丁寧なことね。でもその日は研修会で私、午後は学校にいないの。それで悪いんだけど、あなたの母校の先生だし、羽山さんが応対してくれる？」

「はい……なにをすればいいんですか？」

「実習生は六時間目の授業を参観するそうよ。そのあと、校長室でご挨拶してくれる？　教授はすぐお帰りになるはずだから」

「わかりました」

それくらいは致し方ない。学年で役割が一番少ないのは、やはり初任者である自分だからだ。永嶋もびっしり詰まった予定表を見て大きなため息をつく。

「やれやれ、はじまった途端忙しいわね。全く」

窓の外の日差しはまだ重たげだった。


翌日。商店街の忙しさが少し落ち着いた頃。優菜は大きなクーラーボックスを抱えて、リカーショップ・トウキの店先に立った。自転車の荷台用のロープを買って括りつけてきたのだ。レジの女性に断り、事務室に入ると志郎はおらず、兄の悟郎がパソコンに向かって事務仕事をしていた。

「ああ、すみません。小学校の先生でしたね。たしか志郎の同級生さん」

悟郎は志郎に似ているが、もっと柔和な笑顔を見せた。

「はい、突然押しかけて、申し訳ありません」

言いながら優菜は志郎がいなくて少しほっとしている反面、してもらった親切に直接お礼が言えないという心苦しさで、複雑な気持ちに囚われた。しかし、忙しい商店にそう何度もお邪魔するわけにもいかない。

「あの……冬木……えっと、志郎さんに、このボックスをお借りしていたのでお返しにあがりました」

冬木さんと言いかけて、悟郎も同じ苗字だと気づいた優菜は、焦って言い直し、用件を伝える。

「ああ、そうでしたか。それはわざわざすみません、志郎はまだ帰ってこないんですが待たれますか？」

「あ、いいんです。お忙しいと思ったんで、お礼の手紙を持ってきました。すみませんがお渡しいただけますか？」

優菜は味も素っ気もない茶色い事務封筒を悟郎に手渡した。志郎がいないこともあるだろうと予め用意してあったのだ。その中にはお礼の手紙と共に、差し入れの代金を入れてある。悟郎は中を見ないだろうし、預けても大丈夫だろう。

「ああ、いいですよ。ご丁寧にどうも」

「おかげさまで助かりました。ありがとうございましたとお伝えください。それでは失礼します」

優菜は深々と頭を下げ、事務所を出ようとした。

「あ、ちょっと……」

立ち去りかけた優菜を悟郎が呼び止める。優菜が振り返ると、困ったような笑みを浮かべた顔があった。

「はい？」

「変なこと聞いて申し訳ないんですが……」

「え？　ええ、なんですか？」

「実は……志郎のヤツ、最近なんだか変なんですが、先生はなにかご存知ですか？」

「え？　いえ……存じ上げませんが」

「あいつ、なんか嘘みたいに仕事してるんですよ。まぁ、いろいろあったせいかもしれないんだけど」

「……いろいろ？」

「余計なことを言うとあいつに叱られるんで言えないんだけど、ちょっと母親と揉めたりして……最近はあまり遊びに行ったりもしなくなってたんです。周囲に文句を言わせないように黙々と仕事に精を出してて」

「……」

「で、そのクーラーボックスを持っていくとき、俺、偶然あいつを見かけたんだけど、珍しく鼻歌なんか歌ってて、最近の気難しそうな様子からは想像できなかったから……不思議に思ってたんですよ。まさか、先生のところに持っていくとは思ってもいなかったけど」

「……そうですか。ちょっと困ったことが起きたんで、お借りしていたんです。でも、それ以外はちょっと私にはわかりません。すみません」

　なんと答えていいのかわからず、できるだけ嘘はつかないように慎重に優菜は言葉を選んだ。幸い悟郎はそれ以上深くは聞いてこなかった。ただ、ほんのしばらくの間、優菜を見つめていただけだった。

「そうでしたか。こちらこそ変なこと聞いてすみませんでした」

「いいえ。本当にありがとうございました。失礼します」

悟郎の視線から逃れるように優菜は足早に店を出た。まだ外は十分明るい。

志郎が変とはどういうことなのだろう？　優菜は考えた。

彼は一見、大雑把《おおざっぱ》に見えるが、優菜にしてくれたことにはどれも十分配慮がなされていた。彼が細《こま》やかな人間だとは思っていなかったので、密かに驚いたくらいである。

でも、変わった理由は見当もつかない。

優菜は力を入れてペダルをこぎ続ける。田園風景がどんどんすぎていった。晩夏の夕暮れはどこか切ない光に霞んでいる。

夏はゆっくりと終わろうとしていた。

志郎から電話があったのはその夜遅くだった。


優菜の携帯が鳴ったのは午後十時。着信画面を見ると志郎だった。今までメールはあったが通話は初めてである。ちょうど風呂から上がったばかりだった優菜は、少し動揺しながらベッドに腰をおろした。

「もしもし、羽山さん？　急にごめん。今いい？」

低いが通る声が耳を打つ。

「大丈夫。あの、今日……」

「わざわざ店に寄ってくれたんだって？　体調はもうよくなったか？」

優菜の言葉を遮って志郎は続けた。いつもの調子に優菜はほっと肩をおろす。

「はい、もう平気です。それで、早くボックスを返さなくちゃって思って、お店に寄ったらお留守だったので、社長さんに預けました。直接お礼を言えなくてごめんなさい。ありがとうございました」

「滅多に使うものでもないから、返すのはいつでもよかったのに」

「でも、いつまでもお借りできないし……」

「それに、なんだ、あれは。封筒に五千円も入ってたぞ」

「食品と飲み物の代金です。だいたいでしか計算できなかったから……ごめんなさい。失礼かと思ったんですけど」

「ああ失礼だね！」

耳元に志郎の声が響いた。

「言いたいことはわかります。でも、ごちそうになってばかりだし。人づてにお金を預けるなんてよくなかったと思います。ごめんなさい」

「封筒からいきなり金が出てきて驚いたじゃないか。しかももらいすぎだ。そもそも金なんてもらう気もなかったけど」

携帯の向こうで志郎は憤慨しているように、声がさらに大きくなる。しかし、その声音に威圧感はない。むしろ面白がっているような気配が感じられた。優菜も志郎が本気で怒っているわけではないことをわかっている。大摑みだが彼のことが少しずつ理解できてきた。

「ごめんなさい。私が冬木さんでもそう言うと思います。だけど……私、こんな風にしかできなくて。もう迷惑かけられないと思って……本当にごめんなさい」

「別に、ごめんなさいを言わせるためにあんなことをしたわけじゃない」

声の調子が急に真面目なものに変わった。

「……じゃあ……悪いと思うんなら、この金で飯でも食いに行こう。それなら万事解決だ」

「あ〜、それはお断りします」

「少しは考えてくれよ」

優菜が軽い口調で返すと、情けない声が漏れた。

「いえ……そういうわけではなくて……校区内の特定の人と親しくするのは、職務上ちょっと……ということです」

思わず優菜は笑いそうになった。もちろんそんな規定はない。校区だろうがどこだろうが、良識と常識を持って行動するのが教員の責任である。我ながらうまく言えたものだと思ったのだが、優菜が面白がっているのが志郎にも伝わったらしい。つられるように喉の奥でククと笑う音が聞こえた。

「ふん、もっとマシな嘘をつけ。まぁいいや、そのうちまた付き合ってもらうから……ところでウチの兄貴、なんか言ってなかった？」

「え？　特になにも」

　それは嘘だが、この頃の志郎が変だなんていう話を本人に言うのもどうかと思うし、今ここで話題にするのは不適切だと思った。

「なんで？」

「や、だから……あの先生綺麗だなとか、なんでクーラーボックス貸したんだ？　とか。兄貴にしては珍しく、しつこく聞いてくるから羽山さんにもなんか聞いたのかなって思って」

「……ああ、私も返すときに、ちょっと借りたんですとかしか言わなかったから……」

　優菜は正直に話した。志郎が鋭い洞察力を示したので、ごまかさないほうがいいと思ったのだ。

「ふ～ん。まぁいいや。それで……あのさ」

「はい？」

「実はさ……俺」

　突然志郎の声のトーンが落ちた。

「あいつと別れたんだよ。田端依子」

「はい？」

　唐突な話題に変な声が出る。志郎が依子と別れたことは、以前藤木から聞いて知っていた。しかし、突然その話になるとは思ってもみなかった。

「変な話でごめん」

「……それは残念でしたね」

児童の訴えを聞く教師のように優菜は答えた。口調からして自分から別れを切り出したに違いない。兄の悟郎が親と揉めたと言っていたのはこのことだったのだろうか。心の奥が少しだけさざめく。

そして優菜は軽くたずねた。珍しく好奇心が働いた。

「……なんで別れたの？　綺麗で性格も可愛い人に見えたけど」

自分の口調が少しずつ砕けたものになってゆくのを優菜は意識していた。

「それはそうなんだけど。いろいろあって……コレはずっと一緒にはいられないって思ってしまったんだ」

「ずっと……って、結婚とか？」

「ぶっちゃけ、そう。自分にその気がないんなら、これ以上は先へ進めないって言ったほうが相手にも誠実だろうと思って」

「勝手ね」

一言で断定する。彼女は傷ついたことだろう。

どうやって彼が別れ話を切り出したのかはわからないが、依子にもそれなりにプライドがあるだろうから、相当面倒なことになったと察する。

「俺なりにちゃんと考えた結果だったんだ。今までのことも含めて謝って……でも、羽山さんにまでそう言われると、やっぱりヘコむな」

「……」

彼のことだからべらべらと言葉を尽くしたわけではないだろうが、志郎なりの誠意ある態度はあったのだろう。

「女からしたら最低？」

「そうかも。きちんと謝ったの？　それで彼女は納得したの？」

「ああ……依子もうすうすわかってたみたいで。悪いのは俺だから……いつもそうだけど」

苦しそうに志郎は言った。ズンと胸の奥が痛む。この電話はもう切るべきだ。

「お前には謝ることすらできてないけどな」

「そのことはもういいんです。じゃあ……」

通話を終えようとした優菜の耳に焦った声が飛び込んだ。

「待って、まだ――」

「なんですか？」

「お前は……俺が謝ったら許してくれんのか？」

「もういいって言いましたよ。それに最近のことは本当にありがたいと思ってます。でもごめんなさい、これ以上は聞きたくないの」

「また、ありがとうと、ごめんなさいかよ……」

「まだあります。元気を出してね」

志郎の声があまりに弱々しくて、優菜は笑いをかみ殺しながらついそう言ってしまった。

「ははは。本当に俺ってどうしようもないな。けど、その言葉はもらっとく。お前もあんま、無理すんなよ……で、金のことだけど、とりあえず預かっておく。たまには付き合えよな」

優菜の言葉に満足したらしく、志郎は大人しく矛先を収めた。

「気が向いたら」

「お、進歩、進歩。じゃあな！　お休み」

電話が切れた。優菜は携帯を枕の上に放り投げてベッドに倒れ込む。

これだから、男は苦手なのだ。でも……あの早春の夕方、いかにも仲睦まじく寄り添っていたふたりが別れたという。ふたりの事情は優菜にはわからないが、一方に情がなくなってしまえば、もうふたりでいるのは不自然なことになるのだろう。自分もかつて苦い恋を経験したことがあった。

『君にしてあげられることはもうなにもない』

学生だった優菜の胸を鋭くえぐった言葉。

あの人は私のことなど、初めから眼中にもなかった。甘い言葉を信じてしまったのは、愚かだった自分。彼に比べたら志郎のほうがよっぽど誠実な気がする。

でも、志郎はどうして自分なんかに話したのか。

天井を見つめながらぼんやり優菜は考えていた。

考えても答えは出るはずもない。優菜は勢いよく立ち上がると、湿ったタオルを髪から解いてハンガーに吊るして窓を開けた。九月になったというのに夜はまだまだ暑い。しかし、クーラーを入れるのも躊躇われて、夜の風に吹かれる。遠くに闇に沈んだ低い山並みが見えた。この風景は昔から変わらない。

気持ちを切り替えなくては。

明日も山ほどの授業に会議に、運動会の練習がある。優菜は立ち上がるとカバンから明日の指導ノートを取り出し、机に向かった。もう何回も見直したが、もっとわかりやすく教えられる方法があるかもしれない。そう考えて赤ボールペンで行間を追ってゆく。よい指導で成果を上げたい。子ども達にいろんなことを学んでほしい。そして自分も教師として、人間として成長したかった。ところどころチェックを入れながら優菜はノートを読み進める。

そうすることでざわめいていた心が、次第に落ち着きを取り戻していった。


優菜は清掃活動と帰りのホームルームを済ませたあと、校長室の前に立った。

四人の教育実習生のうち、大学側から担当者が挨拶に来るのは優菜の母校の教育大学だけである。普通、教育大学の学生は大学付属校に実習に行くのだが、松居は例外で希望を出して自分の出身校に実習に来ることになった。そのため、特別に担当者が挨拶に来ると聞いていた。

「大学側としては学外へ実習をお願いするわけだから、挨拶にみえるのよ。ご丁寧なことよね」

昨日の学年会議で主任の永嶋は、五年に入る実習生のガイダンスを優菜に頼んでいた。

「その対応を私がすればいいんですね？」

「ええ、担当者……ゼミの先生なのかな？　その都合で、他の三人の実習生より一日早く来るそうなの。お願いできる？」

「はい」

「来年は羽山先生も実習生の指導教官をしないといけないだろう。だから、今から慣れておいたほうがいいよ」

藤木もそう言って頷いていた。

そして今日。

「失礼します」

さして広くもない校長室には、年代物の応接セットが置いてある。奥の椅子には校長が座り、来客の応対をしていた。脇に教務主任。その前には緊張した面持ちの実習生が背筋を伸ばして座している。そして優菜に背を向けてひとりの男性が座っていた。

実習生の松居かおりは丸い顔をしたショートヘアの学生で、優菜を見ると恥ずかしそうに会釈した。彼女は六時間目の優菜の授業を見学したあと、実習の心得を教務主任から受けている。しかし優菜の目は、なぜかこちらを振り向かない男性の背中に釘づけだった。

「ああ、羽山先生。忙しいのにわざわざすみません。篠岡《しのおか》先生、こちらが担当学年の羽山教諭です。松居さんが六時間目の授業を見学したんだね」

校長の言葉に男性が振り返って微笑んだ。

「久しぶりだね。羽山さん」

彼は声も出ない優菜の前に綺麗な所作で立ち上がり、首を傾げる。

「おや？　篠岡先生は、羽山先生をご存知でしたか？　ああ、松居さんの大学の卒業生でしたね」

「ええ、私のゼミの学生でした。たいへん優秀な学生でしたよ」

かすかに頷いただけで、答えない優菜に代わって教育大学の准教授、篠岡修司《しゅうじ》はにこやかに世辞を言った。

「ほぅ、そうでしたか」

校長が人のよさそうな顔に笑顔を浮かべて視線を送ってきたが、優菜は慌てて目を逸らして足元を見つめた。

「羽山先生、まぁ、おかけなさい。知り合いなら話は早い。今日は指導教官の永嶋先生が出張だからどうしようかと思ってたのだけど」

「羽山先生も篠岡先生の教え子なのですか？」

松居は素直に驚いている。優菜は篠岡の顔を見ずに急いで頭を下げた。

「とてもお世話になりました」

「世話などなにも……羽山さんも熱心な学生だったんだよ」

「そうなんですね！　今日の羽山先生の素晴らしい授業を見て、とても感動しました」

「そう、それで科目はなにを？」

篠岡は優菜を見ている。しかし、明るく答えたのは松居だった。

「国語でした」

「へぇ、どうだった？」

「素敵でした。音読の声の抑揚《よくよう》が凄く綺麗でうっとりしました」

「僕も見たかったな」

「いえ、私はまだまだ勉強中です」

動揺していると思われてはならない。優菜は如才《じょさい》ない返事を捻《ひね》り出した。そのましばらく世間話が続く。校長は話上手な篠岡に好意を持ったらしく、現在の教育諸問題についてさまざまな質問をしていた。時々松居も加わって会話は盛り上がっていたが、優菜にとっては永遠とも思える苦痛の時間だった。

「実習期間中の行事予定はこのプリントを見てください。運動会の練習日程が組み込まれているから通常の時間割とは少し異なります。ジャージと上靴は常に持ってきておいてください。あと、図工の授業用に作業エプロンなどがあれば汚れなくてすみますよ。他に質問はありますか？」

優菜が示す実習期間中の諸注意を松居は熱心に聞いている。永嶋に託された役割はしっかり果たさなくてはならない。優菜はできるだけ事務的に松居の質問に答えた。篠岡は校長と小声で話をしている。

ガイダンスは簡単なものだったから十分程度で終わった。優菜は校長たちの話題が途切れた頃合いを見計らって、さっと席を立った。

「羽山さん、待って」

校長室を出ようとした優菜に穏やかな声がかかる。二度と聞きたくなかった優しい声音。振り返りたくはなかったが、ここには校長も松居もいる。常識のない態度はとれなかった。

「はい」

「もう勤務時間は終わりだろう？　久しぶりに食事でもしてゆっくり話をしないか？」

篠岡は立ち上がって優菜の傍に立った。上背はそれほどでもないが、整った顔立ちと優雅な所作は相変わらずだ。

「お誘いありがとうございます。でも明日の授業の下調べもまだですし、すみません、いつ終わるか見当がつきません」

かつての自分なら舞い上がってしまうような誘いにも、優菜の心は動かなかった。一刻も早くこの場を辞したい。

「そうか……君とはいろいろ話したいことがあったのに」

「失礼します」

優菜は丁寧に頭を下げると、そのまま隣の職員室には戻らず近くの階段を上った。コンクリートの空間は落ちかける晩夏の陽がまともに射して壁に反射し、細かい塵《ちり》が黄色い空気に浮かび上がっている。夕刻とは思えない明るさだ。優菜は息を切らして教室のある三階まで駆け昇った。

教室の引き戸を開けると、日直が閉め忘れていた窓から風が入ってきた。その風に、数週間前のような熱は感じられない。優しくカーテンをはためかせ、煮えた頭を撫でる。優菜は壁にもたれてぼんやりと自分の教室を眺めた。

篠岡修司は奥手な優菜の初恋の相手だった。

地味な優菜の人生に生まれて初めて彩りを添えてくれた男性。初めはただ尊敬していた。追いつこうと見つめているうちに、憧憬《どうけい》はいつしか好きという感情になった。

今は准教授という肩書きのようだが、当時は教育心理学の講師だった。きっかけは彼が発表した児童発達心理学についての論文に興味を持ったことからだった。その論文の筆者が同じ学舎にいて、講義を受けることができるなんてと感激した。

彼に認められたい優菜は、必死で勉強した。早くに両親を亡くしたために大人びては見えるが、その実、劣等感を抱えたままの優菜にとって、篠岡は、大人で、そして魅力的な異性に映ったのだ。

いつも優しげな微笑を浮かべ、面倒見がよかった篠岡は、女子学生達にも受けがよかった。物柔らかな態度に似ず行動的で、研究熱心で、心理学という学問の性質上、たくさんの事例を得るために、絶えずさまざまなところに足を運んでは研鑽《けんさん》を積んでいき「現場に学ぶ」というのが持論だった。そんな篠岡に、優菜はどんどん惹かれていったのだ。

『教師にとって、子どもが一番の先生だよね』

そう言う彼が好きだった。しかし誰にも、ましてや本人にも打ち明けるつもりはなかったのに、ある冬の夜のできごとが優菜の人生を変えた。

当時自分のパソコンを持っていなかった優菜は、遅くまで自習室に残って卒業論文を仕上げていた。そこに篠岡が現れたのだ。資料に目を落としていた優菜がふいに顔を上げると、自分を見おろしてくる篠岡と目が合った。初めてのキスだった。大学四年生、二十一歳の冬。それから秘密の交際がはじまった。

篠岡は優菜の卒業後、臨時講師の口を世話をしてくれて、優菜は病休講師として五月から約半年間、都会の小学校に勤めることができた。そこでは大変なこともあったけれど貴重な経験になった。そのことについては今でも篠岡に感謝をしている。こうして今教諭として教壇に立てるのも、そのときの経験が役に立っているからだ。しかし去年の秋、教員採用試験に合格したことを告げに大学に行き、喜び勇んで篠岡に報告したとき、おめでとうの言葉と一緒に告げられたのは冷たい別れの言葉だった。

恋に恋していた自分を責めた。

子どもの頃に母を亡くしてから親戚に引き取られ、いつもいい子でいるように努め、勉強も頑張った。まだひとりで生きていけないことはわかっていた。どうすれば波風立てずに世の中を渡っていくかを考えるのは、優菜にとってほとんど強迫観念のようなものだった。

　この小学校で志郎にいじめられた経験は、トラウマにも経験値にもなった。次の転校先では常に周囲に気を使い、まわりからはみ出さないように神経を使った。常に用心深く振る舞い、絶対に目立ってはいけない。お陰でそれなりに平穏に過ごせたと思う。そして努力を積み重ねて公立大学に合格してからやっと少し自信を持てるようになった。そして倍率の高い教員採用試験に合格。やっとひとりで生きていけると思った。その矢先に訪れた篠岡との恋と失恋だった。

　別れの理由はおろか、すまないのひと言さえなく。

『君にしてあげられることはもうなにもない』

　その言葉は優菜の心を深く傷つけ、未だに他人との距離感がうまく測れない。恋愛ともなるとさらに顕著だ。ましてや恋愛のかけひきなどできそうにない。藤木の好意は本当なのだろうか？　志郎の親切にはなにか隠された悪意があるのではないか？　どうしても考えずにはいられない。

　しかし、一年を経て篠岡に会い、優菜は自分の成長に気づいた。久しぶりに見た彼は相変わらず素敵だったが、もう優菜の心に響く存在ではなくなっていたからだ。それよりも大切で価値のあるものが目の前に積まれている。それは、今日集めた社会科のノートだ。

　優菜は幼い字で書かれたノートを取り上げた。一週間に一度、こうしてノートをチェックするのは優菜の方針だった。ノートのとり方で理解度や意欲がよくわかる。そして、最後のページに青ペンでひと言アドバイスを書くのだ。優菜はどんどんペンを走らせた。

――先週よりキレイに書けているね！　とってもわかりやすいよ。

――水曜日のノートが半分も抜けているよ。見せてあげるから先生のところに来てね。

――たくさん色ペンを使うのはいいけれど、時間がかかりすぎないかな？　使う色は二色くらいに決めておこうね。

夢中になってノートを点検していくうちに乱れていた感情は凪《な》いでいき、子ども達のことで心が埋まってゆく。ノートの山はどんどん減ってゆき、反対側に積み上がっていった。子どもというのは面白いものだ。自分が強調したくて声を大きくしたところは、どの子どものノートも字がしっかり書けている。反対に少し流したと思う部分は適当に書いてあったり、書いていないこともある。児童のノートは自分の授業の鏡のようなものだと優菜はおかしくなった。

ちゃんと教えなくっちゃ。板書ももっと工夫しよう。

優菜は次々にノートを点検し、全部のチェックを終えた。まとめて鍵のかかるロッカーに放り込み、教室を見渡す。

あまり掃除が行き届いているとはいえない床、習字や図画などの掲示物、丸い壁時計、がたがたに並んだ机、机、机。床に誰かのシャープペンシルが落ちていた。拾い上げて隅の忘れものボックスに入れてやる。明日誰のものか聞いてみればいいだろう。

「私はもう間違えない。まずは運動会を成功させること。誰にも心を乱されたりしない」

午後の光線に埃が乱反射する愛しい空間。この小さな空間を笑顔であふれかえらせること。それこそ優菜の使命なのだから。

九月の慌ただしさは夏を遠い思い出に変えてしまう。

第二週から運動会に向けて特別時間割がはじまっていた。運動会は十月の第一土曜である。それまで約三週間、週に四時間の学年練習が時間割に組み込まれる。

優菜が受け持つ五年生の種目は、高学年のリレー二種目、五十メートル走、そして、学年全体で行うマスゲームだ。一組の担任の永嶋が学年主任、三組の藤木が体育主任という仕事を持っていたため、優菜はこのマスゲームを担当することになっていた。初めて自分が指揮をとる学年活動だ。夏休み期間中に曲の選定から振り付け、隊形移動と全てひとりで組み立て、指導の段取りを考えてきた。今は昔と違って全て揃った運動会用の視覚教材もあるが、優菜は敢えてそれらを利用せず、一から全て考えたのだ。

優菜が考えたのは男女で振り付けを変えるというもので、指導が複雑になる。しかし優菜にはこの学年は男女比が同じだし、全体的に仲もいいからできるかもと思えた。

その提案に永嶋も藤木も「面白い」「やってみよう」と賛成してくれた。

そうして翌週から練習がはじまったのだった。

九月も下旬だが、昼間はまだ相当暑い。百人あまりの五年生は、初めはダラダラと無秩序に動いていたが、優菜が体育委員を集めて作ったビデオを見せたり、藤木が面白おかしく大げさに振りをして見せることで、だんだんとその気になってきた。図工の時間には各自が手に持つフラッグを制作し、それを持つことで演技はますます華やかになってゆく。その一方で優菜達は席の温まる暇のないほど忙しい。おまけに教育実習もはじまっている。

　永嶋が担当する実習生、松居は明るく真面目な学生だった。付属の学校には行かずに、自分の出身校で実習したいと言うだけあって、積極的で熱心な実習態度である。松居は大学の先輩で、年齢的にも近い優菜に親しみを覚えたようで、放課後はよく話をしにやってきた。

「今日も授業を見せていただいてありがとうございました。勉強になりました」

　松居は五時間目の社会の授業を参観しに二組に来ていたのだ。実習生はひととおり先輩教師の授業を実際に見てから、自分の研究授業の展開を練らなくてはいけない。

「先生って普段は物静かなのに、授業となるといきなり凄いですね」

「なぁに？　凄いって」

「だって、別に大きな声は出してないのに、声の抑揚が豊かだし、板書の字も綺麗だし」

「それは説明が単調な調子だと寝てしまう子もいるから。五時間目だし」

「でも目が合っただけで男子はビビってましたよ」

「それは褒め言葉じゃないけど」

　消しゴムのカスで弾丸作りに没頭《ぼっとう》していた男子は、さっと伸びた優菜の指に折角作った弾《たま》を没収され、大変残念そうにしていた。ちなみにその弾は放課後ティッシュに包んで返却済みである。

「午前中の練習もかっこよかったです」

「そう？　ありがとう。今日は体育委員もよく動いてくれたから。でもこれからよ」

「運動会の練習って、させるほうもあんなに大変なんですね」

「そうよ。ひと夏かけて準備をしたの」

「子どもたち、どんどん上手になっていて、凄いです。指導がいいんだと思いました」

「そんなあからさまに褒めてもなにも出ないよ」

優菜は笑った。

たしかに最初は思いどおりに子ども達が動かず、男女別の振り付けを諦めようと思った。それでも辛抱強く、藤木に励まされながら、なんとか最初の導入部分をやり遂げたのである。すると子ども達は、三回目の練習から大まかな動きを覚えてなんとか動きはじめた。あとはどんどんよくなってくる。

まとまりはじめた五年生達は生き生きと活動し、団体演技ができ上がっていく。子どもの頃はこういう団体活動があまり得手ではなかった優菜にとって、大勢で協力してなにかを創り上げていくということは、大変興味深い。マスゲームが形になっていくと、少しずつ指導にも自信が持てるようになってきたのだ。

来週からは練習も大詰めを迎える。運動会という、大きな行事を控えて学校の雰囲気はどこか落ち着かない。児童が元気なのはいいが、浮わついてもよろしくない。指導上のかけひきも大切になる。

「初めは皆やる気になってるのよ。だけど、どんなことでも中だるみがあるから、これからが問題ね」

自分に言い聞かせるように、優菜は松居に言った。

「そうなんですか？」

「ビデオを見せたり、好きな色で旗を作らせたりすると、やっと子ども達もイメージが持てたみたいだけどね」

「叱るだけじゃなくて、雰囲気を盛り上げていくのも先生の仕事なんですね。運動会が楽しみです！」

松居はやる気に満ちた笑顔でうなずいた。


次の日も、二時間続けての練習があった。今日も入れてあと三回の授業で演技を完成させなければならない。

「ほら、三組女子！　少し遅れ気味だよ。自分の立ち位置をきちんと確認しよう！」

優菜は朝礼台上から声を張り上げた。マイクも設置してあるが、練習に熱が入るとどうしても声を上げてしまう。優菜の予想どおり、少し慣れてきた児童は練習に飽きてきたのか、ふざける者も出はじめていた。

「それから二組の前列！　前に出るのに姿勢が悪いよ。この辺りは本部席前なんだから恥ずかしいよ！」

「ほら！　お前達のことだよ！　とぼけないで聞けよ」

藤木が優菜のクラスの男子数人に重ねて注意をした。指摘された腕白達はげらげら笑い出し、藤木に再度睨《にら》まれて慌てて姿勢を正した。一組担任の永嶋はやや後ろに立って、優菜の指示が全体に行き渡るのを見届けている。そして、実習生の松居は、一組の女子の最後尾で児童と一緒になって旗を持っていた。

「いいですか？　明日も通し練習を行います。曲も流しっぱなしにするし、途中でなにも言わないから各自で考えて動いてね。では、休憩にします。水分をしっかり摂って体を休めてください」

優菜は練習の終わりを告げ、朝礼台を下りた。明日から十月だ。練習回数は予行を入れてあとたった二回である。

「お疲れさん、まぁまぁの進み具合じゃないか。この調子ならいい感じにできるよ」

「だといいんですけど」

校舎の影で休憩を取ろうとした優菜に藤木が話しかけた。永嶋は職員室に戻ったが、優菜は気持ちが焦ってとてもそんな気になれない。

「でも、最初の緊張感がなくなっているような気がします。少したるんでますよね」

「それでも凄いよ。子ども達のやる気も徐々に高まってきているし……ほら、向こうでは二組の女子が自分達で振り付けを復習しているよ。えらいじゃないか」

優菜は目を細めて藤木の指すほうを見た。暑さはさほどでもなくなったが、昼間の日差しはまだまだ眩しかった。

そして運動会当日。

葛ノ葉小学校の運動会は、この地域のちょっとしたお祭りのようでもある。歴史のあるこの小学校では、昔から学校と地域が行事ごとに協力してきた。運動会には地域の人が参加できる競技もあり、商店会の協力で景品も出て毎年、近隣のどの小学校の運動会よりも盛り上がる。

パァン！

ピストルの乾いた音が校舎に木霊《こだま》し、小鹿のような足が一斉に土を蹴って駆けてゆく。舞い上がる砂煙、高い歓声。現在行われている競技は四年生のリレーだ。

朝は晴れていたのに昼前から雲行きが怪しくなって、今はどんよりとした雲が青空を侵食していた。藤木はいつ降ってくるかと空を見上げては気を揉んでいる。

しかし、藤木の心配はどうやら無用のようだ。雨雲の動きはゆっくりで、閉会式までなら空は泣かずに我慢してくれそうだった。

競技は順調に進んでゆく。次はいよいよ五年生によるマスゲームである。

「羽山先生、しっかりね」

「いつもの調子でやればいいから！」

先輩の教師達から激励の声がかけられる中、優菜はゆっくりと朝礼台に上った。緊張で掌がしっとり濡れていた。

優菜の合図で曲が掛かり、爽やかなメロディと共に五年生達が元気よく入場してくる。放送係によって演目の紹介文が読まれる。優菜が考えたものだ。

朝礼台の上で、皆で作ったフラッグを曇り空に向かって差し上げ、優菜は大きく笛を吹いた。白いTシャツを着た百人ほどの五年生達が一斉に伸び上がる。若枝のような手足が大きく弧を描いた。ここまで大きな乱れはない。児童達は誇らしげな表情で自分達の役割を果たしていた。

次の笛で小気味よく回転した無数の運動靴が、グラウンドの中央に集まる。フィナーレは何回も練習した星型の隊形だ。もう優菜に不安はなかった。曲と共にマスゲームも最高潮に盛り上がる。最後の笛の音と共に、五年生達は色とりどりのフラッグで最後のポーズを取った。

保護者席からどっと拍手が湧き上がった。優菜はほっと息を抜いてゆっくりと腕をおろした。自然に顔がほころぶ。隊形を解いた児童達も汗まみれの真っ赤な頬を輝かせて笑っている。

「五年生が退場します！」

放送係の声で五年生達は退場門へ行進をはじめた。優菜もゆっくり朝礼台を下りる。

「ご苦労様〜！」

「いやぁ～、よかったよ！　お疲れさん」

「頑張ったな。練習をはじめたばかりの頃はヒヤヒヤしたけど、こんなにいいものになるとは正直、俺もびっくりだよ。ごくろうさん」

優菜が本部テントに戻ると校長をはじめ、永嶋や藤木、他の学年の先生達も皆、笑顔と拍手で優菜を迎えてくれた。

「ありがとうございました」

優菜は心からの言葉で返し、パイプ椅子にどさりと腰を落とした。藤木がペットボトルの茶を差し出す。

優菜は流れ落ちる汗を拭いながら、勢いよく茶を飲み干した。いくら飲んでも渇いた喉は潤わない。頬も熱くヒリヒリする。自分で思っているより興奮しているようだった。

「羽山先生、お疲れさまでした。凄かったです！　感動しまくりました！　どうぞ！」

後ろから新しいペットボトルが差し出された。振り向くと実習生の松居だった。

「ああ……ありがとう。でもこれ、あなたのじゃないの？」

「いえ、私は見てただけですから」

松居は自分の受け持った五年生の演技によほど感動したのか、目が赤く潤んでいる。

「じゃあ、遠慮なく」

実習生の素直な態度に微笑んで、優菜はペットボトルを受け取った。

「さぁ、次は最後の種目。六年生の演技ね。松居さんは学年の席に戻ってくれる？　最後までしっかり応援しようね」

「はい！」

大きく返事した松居の目には熱意に満ちていた。


全ての種目を恙《つつが》なく終え、運動会は終了した。

子ども達の多くは保護者と帰宅し、四時頃になると最後のテントの撤去も終わって、今年の運動会も大盛況のうちに暮れてゆく。

「では、これで終礼を終わります。先生方、ご苦労様でした。このあとはゆっくりお休みください。くれぐれも羽目を外しすぎないようにね」

締めくくりの校長の言葉で職員室中に拍手とくすくす笑いが広がった。このあと、有志の打ち上げ会になっていたのだ。いつもはあまり参加しない優菜も、今日は自分を盛り上げてくれた同僚や係の顔を立てて出席することにしていた。

優菜はロッカーで私服のジーンズと白い開襟シャツに着替え、薄手のジャケットに袖を通して通用門に急ぐ。打ち上げ会の前にいったん家に戻って汗だらけの体を流そうと思ったのだ。時間はある。空は一層雲の厚みを増していたが、開放感に満たされているので気にならない。しかし、門から一歩出ていったところで優菜の足はぎくりと止まった。

「篠岡先生……」

門の外に篠岡が立っていた。やぁと片手を上げている。

「お疲れさまでした、羽山さん。僕も教え子の勇姿を見るために、少し前から来ていたんだ。校長先生には挨拶は済ませてある」

「勇姿だなんて……仕事ですから」

優菜はさっきまで晴れやかだった心が途端に重く沈み込むのを感じた。

「あはは。松居さんのことだよ。彼女もよく頑張っていたじゃないか」

「……」

「終礼は終ったんだろう？」

黙り込んだ優菜に篠岡は重ねてたずねた。

「駅まで送ろう」

「いえ、打ち上げ会がありますから」

「こんな時間からってことはないでしょう？　それに傘、持ってないんだろう？」

篠岡は黒い傘を振って見せた。なんとか断ろうと、優菜が必死で言葉を探している間に、無情にも雨粒がポツポツ落ちてくる。

「ああ、降り出した。駅まで入っていきなさい、この傘は大きいから」

つまらない展開になってしまった……。

相傘で駅まで歩くことになった。篠岡は機嫌よく世間話をしているが、優菜は早くこの場を切り上げたい一心で足早に道を進んだ。しかし、彼は優雅な足取りを早めたりはしない。雨足は一気に激しくなっている。

「今日のダンス……マスゲームというのか？　あれはよかったよ。ずいぶん練習したんだろうね」

「……そうですね」

優菜は自分が指導を重ねたマスゲームの、連日の練習と、今日の様子を思い返した。

初めは右往左往していた五年生に、わかりやすく伝えるにはどうしたらいいか優菜は研究した。何度も曲を聴いて同じ動きを繰り返し、指導した。ときには子ども達の意見を取り入れる。どんどんどんどん上手になる子ども達の笑顔、笑顔、笑顔。

優菜の耳の奥で、飽きるほど聞いた曲のクライマックスが鳴り響く。

『さぁ、ここから盛り上がるよ！　よく曲を聞いてね。列の外側の人は一生懸命走ってください。そうして、ここで決めのポーズ！　腕をいっぱいに伸ばして！　かっこつけて！』

自分の言葉を頭の中で反芻する。

優菜は傘から飛び出し、ひょいと歩道の段差を飛び越える。駅はすぐそこだった。

「かっこつけて！」

優菜は口に出して言ってみた。そう、いじめだって失恋だって、こんな風に飛び越えたらいいんだ。失敗したっていい。何度でも一からやり直せる。そんなの小学生だってやってる。全然大丈夫！　私もかっこよくならなくては！

篠岡は驚いた表情で優菜の行動を見ていた。ロータリーの向こう側に見慣れた白い軽トラックが停まっている。優菜の足に力が篭《こも》った。

「羽山さん、そっちは駅じゃないよ」

「いいんです！」

優菜は濡れるのもかまわずに駅の反対側からロータリーをまわった。

そこはもうリカーショップ・トオキの前だ。

運転席から降りた大柄な人物の背中が、激しい雨をとおしてもよくわかった。逞しい腕が荷台から大きなケースをおろしている。足取りがさらに速まり、ほとんど駆け足になっていた。

「冬木さん！　こんにちは！」

突然名を呼ばれ、驚いたように振り返る広い肩があった。

志郎は驚いたように立ち尽くしている。優菜はずぶ濡れのまま駆け寄り、大きくお辞儀をした。

「あのっ！　今日は本校の運動会のために、職員にまで飲料のご提供ありがとうございました！　それで……その……校長から礼状を預かって参りましたので、お渡しに来ました！」

志郎はあっけに取られながら、一気にまくし立てる優菜を見つめていた。持っていたビールケースを傍らに置くと、黙って雨よけのカバーをかける。そして、優菜の後ろからついてきた篠岡に視線を送ってからゆっくり頷いた。

「ああ……学校の先生でしたか。今日は運動会お疲れ様でした。雨の中わざわざすみません。あいにく社長は留守ですが、とりあえず事務室にどうぞ」

優菜のでたらめに志郎は滑らかな営業トークで応じてくれた。

「はい、それでは失礼してお邪魔いたします。篠岡先生、傘をどうもありがとうございました。ここからはアーケードがありますので、もう大丈夫です！」

頬を紅潮させ、きらきらした瞳に愛想笑いさえ浮かべて優菜は言い放った。

「あ……ああ……じゃあ、これで失礼するよ、あと少しの間、松居さんを頼むよ。今日はご苦労さま」

優菜の態度をどう思ったか、篠岡は志郎に目礼すると、雨の中を駅のほうへと引き返していく。優菜はそれを見送ろうともしなかった。

雨は収まる気配もなく、商店街のアーケードを叩き続けている。いつもなら夕食の買い物客で賑わう商店街の中は人通りも少なく、忍び寄る秋の黄昏に包まれていた。しかし、酒屋の店内は明るい照明に包まれている。

優菜は気が抜けたように店の前突っ立っていた。それをレジの青年が面白そうに見ているので、志郎が中へと促す。

「……で？」

「えっと……」

我に返った優菜は非常にバツが悪く感じた。走ったせいか、頬が紅潮している。その上を髪から零れた雫がいく筋も伝い落ち、とてもみっともない姿になっているだろう。

「お前、俺をダシにしただろ」

さっきの営業トークとはガラリと口調を変えた志郎が、背中を屈めて優菜の顔を覗き込んでいる。

「あ……わかりました？」

「俺だって昨日今日、生まれたわけじゃないからな……あの男はお前の元カレかなんかなのか。あまりいい趣味とは思えないけど」

「悔しいけど当たりです」

真剣な志郎の視線をしっかりと受け止め、優菜ははっきりと言った。

「ええ本当に。口裏を合わせてくださってありがとうございました。お仕事の邪魔してしまってすみません。じゃあ私はこれで失礼します」

「あれ？　校長先生からの礼状を見せてくれるんだろ？　まぁ、中に入れよ。幸いこの雨でお客はいないけど、バイトはいるし。辻褄《つじつま》だけは合わせておかないと」

優菜は少し躊躇ったが、黙って志郎の開けてくれたドアから事務室に入った。

「ごめんなさい、いつも厄介ごとばかり持ち込んで」

「いいって……うわぁ、お前結構濡れてるぞ。また熱出したくないだろ？　タオルを貸してやるから濡れたもの脱いで拭けよ」

「う……」

「ほれ、タオル。俺は店で商品チェックをしてるから、その辺のものを適当に使え」

「ありがとう」

そう言いながら志郎は棚から清潔なタオルと、驚いたことに櫛《くし》まで差し出し、事務室を出ていった。

優菜はジャケットを脱いで側の椅子に広げ、後ろでひとつに結わえている髪を解き、ペタンとしてしまった前髪を丁寧に拭ってから櫛で梳く。毛先から水滴が落ちるほど濡れていた。長い髪は蛍光灯の下で密やかな光沢を放ち、背中に流れた。鏡に映る頬はまだ紅い。

これであの人から開放される、そう思った。これまで長かった気がするけれど、終わるときはこんなものかもしれない。

恋愛経験が不足でよくわからない。しかし篠岡に心が動かされなかったことで妙な高揚感があるのは事実だった。どしゃぶりの雨を透かせて志郎を見つけたとき、不思議に力が湧いたような気がした。

校長からの礼状だって。よくもまぁあんな嘘が咄嗟《とっさ》に出たものだ、と優菜は我ながら感心した。

身なりを整えて店に戻ると、志郎も濡れた作業上着を脱ぎ、緑色の店のロゴ入りエプロンをつけて仕事をしていた。体格がいいせいで、エプロンが小さく見える。

「ありがとう。タオル、洗濯してお返しします」

「ああ、いいよ、その辺に置いといて。それよりこれから打ち上げ会じゃないのか？」

「え？　なんで知ってるの？」

「ふん、商店街のオヤジネットワークを舐めるなよ。伊勢寿司で六時からだろ？　もう、五時すぎてるけど、このまま向かうのか？」

　伊勢寿司というのは志郎の店とは反対の出口付近にある、ここの辺りでは一番大きな料亭で、三十人規模の宴会ができる。職場で何回か利用しているようだが、優菜は行ったことがなかった。

「一度着替えに帰る。でも遅れそう……あ、伊勢寿司さんの電話番号わかる？　遅れるって連絡したいんだけど」

「ああ、待て。ええと……い……い、と……あった。伊勢寿司。これだ」

　志郎はポケットから携帯を取り出すと、すぐに画面を向けた。優菜は店に電話をして、申し訳ないが少し遅刻しそうだと幹事に伝えてくれるよう頼んで通話を切った。顔を上げると志郎がしげしげと自分を眺めている。

「なに？」

「髪……結構長いな。いつも括ってるからわからんかった」

「ああ……少し乾いたらまとめます」

「昔はもっと長かったよな。昔俺、その髪に見とれててさ、うっかり触ったら、引っ張るなってお前に怒られた」

「そうだっけ？」

「そう。よく覚えてる。俺、そのことが結構ショックで、悔しくてお前をいじめはじめたから……」

「それが原因？」

「……全く恥ずかしいよな」

志郎は苦しそうに目を反らしたが、すぐに優菜に向き合った。

「……」

優菜は不意に涙がこぼれそうになった。自分を傷つけたことを、ずっと後悔している男も居れば、なにもなかったように接する男もいる。

優菜の崩れそうな表情に気づいたのか志郎は少し慌てて店の奥のほうに呼びかけた。

「ああ、ちょっと田村、帰ってきて早々に悪いけど、ちょっとここ頼めるか？」

志郎がそう言うと、ちょうど裏の倉庫からアルバイトらしき青年が顔を出す。

「なんすか？　店長」

「この雨だろ？　客もあまり来ないだろうし、俺はちょっと友達を送ってくるから、田村とふたりで店を頼むわ。七時には兄貴も帰ってくるから、お前はそれで上がっていい」

「はい。大丈夫っす。しっかし、凄いどしゃ降りっすよ？　十月なのにまるで夕立だ」

「おお、じゃ頼むな」

そう言うと志郎はエプロンを外し優菜の腕を引いた。

「行くぞ」

「え？」

優菜は驚いて志郎を見上げる。

優菜を志郎はどんどん奥へ引っ張ってゆく。事務室の奥にある裏口の外は大きな倉庫に続いていて、大量の酒や飲料の入ったカートがいっぱい並んでいた。倉庫の搬入口に志郎がさっき停めた軽トラックが横づけにされたまま、雨に濡れている。倉庫には人気もなく、寒々としていた。

「冬木君！」

「……」

「バイトの人に変に思われるかも……」

「変なのはお前だろ！」

志郎は足を止め、優菜の言葉を遮って怒鳴った。そして、正面から優菜を見据える。

「お前、そんなにあいつのことが気になるのか？」

「気になるって？　あんな人のことが？　まさか」

あまりにも滑稽《こっけい》な志郎の問いに、優菜は笑った。

「じゃあなんで、そんな今にも泣きそうな顔してる？　もしかしてまだ好きなのか？」

「そんなことない！」

むきになって優菜も言い返す。だが、志郎も負けてはいなかった。

「だけど、なんかあるんだろ？　言ってみろよ。お前、いつもとちがうぞ」

「ちがう？」

その言葉に優菜は眉を吊り上げて志郎を睨んだ。

「あんな人、昔好きだっただけで、もう全然好きじゃない。ええ本当です！」

両手で自分を抱きしめながら優菜は言い放った。優菜の感情が昂ぶるにつれ、志郎が逆に静かな顔になっていくのが癪《しゃく》に触る。

「落ち着け」

志郎は震える優菜の肩に手を置こうとしたが、優菜は邪険に振り払った。

「触らないで！」

「わかったよ。もう、言わなくていい……謝るよ、俺が悪かった」

感情の行き場を急に塞《ふさ》がれ、優菜は呆然と志郎を見上げた。

「……なんで冬木君が謝るの？」

低く問いかける。

「あんまり、無理すんな。少しは俺を頼ってくれ」

それを聞いた途端、優菜は皮膚がピリピリと尖るのを感じた。鋭い拒絶の壁が張りめぐらされる。昔はよくこんなことがあった。それは悲しくも懐かしい感覚。優菜の纏《まと》う空気が変わったことに気がついたらしい志郎がはっと自分を見据えている。

「……たよる？　頼れ……って？」

優菜の心に再び激しい感情が噴き上がった。幼い自分に屈辱を味わわせ、ひどく傷つけたのは誰あろう、目の前のこの男だ。それ以来、優菜は極力目立たないように、出る杭にならないよう、用心深く生きてきた。

冷静なときだったら、責任転嫁も甚《はなは》だしい理屈だが、今は自分の感情を収めることができない。運動会のマスゲームの指揮で緊張し続け、そのあとに篠岡とのことがあったのだ。心の容量はとっくに限界を超えていた。

「今さら勝手なことを……あなたはお金持ちで、友達も多くて、なんだって持ってたじゃない。それなのに私をいじめて、馬鹿にして……楽しみにしていたクリスマスのケーキだって目の前で台無しにされたっけ！」

「あ…あのときのことは……」

優菜の目の前に、無残にへしゃげたケーキがイチゴの色まで鮮やかに蘇った。

小柄な自分に下から睨まれて志郎がたじろいでいる。それを見た優菜は一歩踏み出した。

感情が振り切れ、自分でも制御できない。

「……あのとき、私がどんなに悔しかったか、あなた想像もしたことないでしょ。私、ずっと苦しくて……忘れようと必死で勉強して、やっと人並みになれたと思った。そしてようやく人を好きになった途端、捨てられた。でも自分が悪かったんだって納得して、ひとりで生きていこうと決めて教師になったのに……またあなたなんかに出会ってしまった！」

「……羽山」

「あなたも、篠岡先生も嫌い……みんな勝手！　嫌い、大嫌い！」

優菜はずっと押し殺していた感情が一気に噴き上がるのを止められずに叫んだ。叫んでもどうにもならないということくらいわかっていたのに。しかし大声を出しことで、胸につかえていた気持ちが少し楽になった気がする。優菜は視線をそらせて大きく息を吐いた。

「……ごめんなさい。大きな声を出してしまって…ほんとう……たしかに私、今ちょっとおかしいかもね。送ってくれなくても大丈夫ですから。ひとりで帰ります」

苦々しく言い捨て優菜は搬入口へ身を翻した。

「さようなら」

優菜は開け放った搬入口から雨空を見上げた。気持ちはとっくに外に飛び出し、雨に打たれているはずなのに、なぜだか少しも前に進まない。体が動かないのだ。

自分は今、なにか大きくて暖かいものに包まれている。抱きしめられているのだとわかったときには、身動きもできないほど、がっしりとした胸と腕に包み込まれていた。すぐに振りほどくべきなのに、その圧倒的な大きさに、なぜか一瞬気が緩んでしまった。

もう顔さえ覚えていない、遠い昔に亡くなった父親に抱っこしてもらった感覚がよぎったからかもしれない。それは懐かしい安心できる温《ぬく》もり。

優菜は自分が目を閉じているのだと知った。

「……」

「俺のこと、嫌いでいい。許さなくってもいい。だけど、もう、どこにも行かないでくれ……」

昔されたことと引きずった傷が、こんなありふれた言葉で消えるとは思えない。けれど、その言葉はごく自然に優菜の胸に染み込んで、張り裂けそうな心を温めた。

「ずっと言いたかった……羽山、ごめん……傷つけてごめん。長い間つらい思いをさせてごめん」

長いこと蓋《ふた》をしてきた記憶に真実と謝罪を注ぎ込まれる。

優菜は自分が泣いていることに気がついた。涙はあとからあとから頬を伝い、肩を包み込んでいる志郎の胸にぱらぱらと零れる。

「羽山……」

優菜は動かない。動けなかった。志郎がゆっくりと優菜を正面から抱き直す。まるで壊れ物を扱うような仕草だった。ふたりの体から雨の香りが立ちのぼる。

「……」

どうしようもなかった。包まれる温かさに逆らうことも、涙を堪えることも、どうしても。

「ごめんな……」

低い声で囁かれて、一気に涙があふれ出る。背中を包み込んでいた腕が躊躇いがちに上がり、大きな手のひらで優しく髪を撫でられたとき、もはや声すら忍ぶことができなかった。声を上げて泣くなんて子どもの頃ですら、あまり記憶にない。篠岡に捨てられたときも、自分の愚かしさに何度も唇を噛みしめたが、決して泣くことはなかった。

それなのに大嫌いだった志郎に触れられ、あまつさえその胸で赤ん坊のように泣いている。けれどどうしてもやめられない。優菜は子どものように泣いた。

雨を吸って冷たい髪を撫でられるのは心地がよかった。

どのくらいときが経ったのだろう。感情が鎮《しず》まると共に涙も止まる。優菜が少し胸を押し返すと、志郎は黙って体を離した。しかし、泣き顔を見られたくなくて優菜は顔を上げられなかった。

「おい……雨が上がってるぞ」

「え？」

思わず優菜は顔を上げたが、志郎は振り返らずに優菜を搬入口まで引っ張っていく。空を見上げると、さっきまで土砂降りだった大雨は綺麗に上がって雲が速く動いていた。この分ではもうじきに晴れるだろう。

「通り雨だったんだな。見ろよ、向こうはもう雲が切れはじめてる」

子どものようにシャツの袖で顔をぬぐった優菜は、ビルの間の細長い空を見上げた。志郎の言ったとおり、雨はすっぱり止んでいて、湿った風が裏通りを通り抜けていった。雨が洗ったためか、空気がひんやりと澄んでいる。

十月初めの風にしては涼しすぎたが、涙を乾かすには十分で、濡れた睫毛越しの風景が次第にはっきりとしてくる。

ああ……。

荒れ狂っていた心がいつの間にか凪《な》いでいる。

こんなにも短い間に上がったり、下がったり……まるで子どもみたいだ。

頬の火照《ほて》りを風で冷ましながら優菜は、無理して唇の端を上げてみた。

「……帰る。打ち上げ会行かなくちゃ。今日、運動会が成功したのも、支えてくれた先生たちのおかげだしね。お礼を言いたいし」

一瞬心の内をさらけだしつつも強くあろうとするその姿に志郎は少し身じろいだようだった。

「ああ、わかった。だけど送る。お前が嫌だって言っても送る」

「嫌なんて言わない」

「そりゃ、いいことだ」

おどけてポケットからキーを出した志郎は、そのまま脇に停めてある軽トラックに飛乗った。中から優菜のためにドアを開けてくれる。その一瞬だけ目が合い、志郎がにっと笑った。ただそれだけで、さっきまで屁理屈をこねて泣きじゃくっていたことは、もういいのだと優菜は悟った。

小さなトラックはロータリーを抜けた。田舎とはいえ、さすがに駅の周辺だけは開発が進み、ビルやマンションが立ち並んでいる。しかし、ものの数百メートルで市街地は終わり、フロントガラスには豊かな田園風景が広がった。雲は切れて東の方向に大きく空が広がってゆく。

「お、晴れはじめたな。空が赤くなってる」

「ホントだ。綺麗」

綺麗と言った優菜の言葉に、志郎はなにかを思いついたように言った。

「そうだ、ちょっとだけ寄りたいところがあるんだけど、いいか？」

「え？」

「大丈夫、そんなに時間はとらない。警戒しなくっていいぞ」

「警戒なんてしない……でも、どこに？」

「内緒」

ぐうっとアクセルを踏み込まれ、軽トラックは快調にスピードを上げた。濡れた県道をどんどん進んでいく。道は本道を逸れ、絵に描いたような曲がりくねった田舎の一本道に入っていった。空いた道を走る白いトラック。周囲は水の溜まった田んぼに休耕地。いくらも行かないうちにフロントガラスの向こうに小高い丘が見えてきた。

平地に突然盛り上がった丘の麓で志郎はエンジンを止めた。そこは駐車場になっており、目立たないながらも観光地になっているらしく、その丘の由来が鄙《ひな》びた看板に書いてある。しかし、志郎はそんなものに見向きもせず、優菜を急かして頂上に続く階段を登っていった。

階段は結構な長さがあって、今日一日の労働と、そのあとの浮き沈みで疲れ切った優菜に昇り切るのはひと苦労だったが、志郎が引っ張ってくれたのでなんとか上がり切った。

意外と広々とした頂上には遊歩道が作られてあり、やはりこの地の由来を示した立て看板と、まわりの景色を示した地図、そして古いベンチが数台あるだけだ。しかし、優菜はそれらには目もくれなかった。

見渡す限りのパノラマに繰り広げられる、すばらしい夕焼けに目を奪われていたから。

「……すごぉい」

しばらく立ち尽くしたあと、優菜が呟いた。

「だろ？　ここからの夕焼けは絶景なんだ。小さく見えるけど、一応標高百四十八メートルだしな」

志郎の説明が聞こえないほど優菜は感動していた。沈みかけた大きな夕陽と天を焦《こ》がすような茜雲。

そこには優しくて暖かい色が全て散りばめられていた。見おろすと刈り入れ間近の田んぼ、家々、鉄道、駅。遠くに点在する同じような小さな丘、紫色に霞む遠くの山脈。全て夕焼けに染め上げられ、夢のように美しかった。

「こんな場所があるなんて知らなかった……」

「そうか？　一応観光ガイドには載ってるんだけどな」

志郎はとぼけたように言った。

「……冬木君……」

「ん？」

「ここに連れてきてくれてありがとう……それからいろいろありがとう」

夕陽が半分ほど地平に隠れたところで優菜は、振り返り微笑んだ。すでに涙の痕《あと》も乾いている。

「礼はいらないんだ」

「……」

「昔からお前は夕焼けが似合ってたな」

「そう？」

「うん。それに夕焼けは明日晴れるっていう予兆《しるし》だしな。今のお前にぴったりだ」

「……嬉しい」

優菜は目を閉じた。

さっきはなんで志郎の胸であんなに大泣きしてしまったのだろうか？　自分でも不思議だが、もっと不思議なのは、あんなに泣いたことがちっとも恥ずかしくないということだった。

逞しい腕に支えられ胸にすがりついて彼の心臓の音を聞いたとき、なぜだかとても安心できた。泣いているうちにどんどん気持ちが軽くなり、長い間無意識に心の中に溜めてきた澱《おり》のようなものが涙と共に解けて流れていくような感覚があった。なにも聞かない彼の優しさがありがたかった。ありがたくて、たまらなかった。

「お、おい。今度はどうしたんだ？　なんでまた泣く？」

長い睫毛から再び涙があふれてきたのを見て、狼狽した志郎が優菜を覗き込んだ。

「……冬木君のせいじゃないの……自分でもよくわかんないんだけど……やっぱり、変だね。私」

優菜は指先で涙を拭い、指を払った。涙が小さく光りながら散っていく。それは先ほど暗い倉庫の中で流したものとは全く違う色に染まっていた。それを見てもう一度優菜は空を見上げる。そこには今日一日の終わりを告げる壮大な夕焼けのフィナーレがあった。幾つもの色が重なり合い、織り上げられて調和している。

「羽山……俺はお前の傍にいたい……いたいんだ」

同じように夕陽を見つめながら志郎が呟く。

優菜は静かに燃え上がる空を見つめ続けていた。

六、大寒

「先生、他にお仕事はないですか？」

転入生の水島奈緒《みずしまなお》は一重瞼を上げて優菜にたずねた。奈緒は四時間目の算数で使った立体模型を、優菜と一緒に教室から資料室まで運んでくれたところだった。暖房がついていないこの部屋の空気は冷たく、埃っぽい。

新年を迎えた三学期。一月もあと数日で終わろうとしていた。

「う〜ん……あとは特にないなぁ、ありがとうね。いつも来てもらって」

「いいんです」

「こっちの学校には慣れた？　なんか嫌なこととかない？」

優菜は奈緒の視線を柔らかく受け止め、しかし、彼女の表情の変化は逃さないように注意深くたずねた。

「……いえ、今のところ別に……失礼します」

一瞬奈緒の瞳が大きくなったのを優菜は見た。しかし、奈緒は優菜の質問をやり過ごし、ぴょこんとお辞儀をすると資料室から出ていった。

「う〜ん」

優菜は小さく息をついた。少女はなかなか用心深い。とりあえず今回は見逃すことにし、資料室の鍵を閉めた。

「さぁて」

優菜は算数の授業で使ったノートを置くと、ほんのわずかな休憩を取るために職員室の席についた。給食の運搬や配膳は五年生ということもあって、子ども達に信頼してまかせられる。休憩できるとは限らないが、今のように物を置きに戻り、食事がはじまるまでのわずかな時間を職員室で過ごせる場合もあった。

「お疲れさん！」

向かいの席の藤木が声をかける。彼のクラスは四時間目が音楽だ。高学年は音楽専科の教師がいるため、この時間は空き時間になっているのだ。

「コーヒーでも飲む？」

「いいえ、今から給食指導に行くのに、コーヒーの匂いをさせてゆくわけにはいきません」

「だよな」

藤木はそう言って笑った。

「あの、藤木先生？」

「ん？　なーに？」

「やっぱり、職員室とか、先生の手伝いを好きな子って、なんか事情がありますよね？」

「んん？　そうだな……やっぱり、クラスにいづらい、いたくないっていう子は、なんだかんだと理由をつけて職員室に来るな。うん、たしかに要注意だ。誰？」

「水島さん」

「ああ……あの転校生か。おとなしくて、今時珍しいくらい礼儀正しい子だよな」

「藤木先生、三学期に転校してくるなんて、なにか事情があるかもっておっしゃっていましたよね？」

「ああ、だけど家庭訪問では……」

「ええ、こっちに家を建てたから、向こうの賃貸の家賃を払い続けるのもって理由で転校が早まったという、保護者の説明でした。だから、そんなに気にはしてなかったんですけど」

　優菜は奈緒が転校してきてから二週間後に家庭訪問を行っている。家は一般的な建売住宅で、保護者も普通の印象だったと学年会議では伝えてあった。

「だけど気がついたら、さりげなく私の傍に来ることが多いし、クラスの女子と打ち解けてる様子もあんまり見られなくて」

「転校してきてちょうどひと月か……うん、なにかあるとしたらそろそろだな。とにかく気になるんだったら自分の勘を信じて、注意したほうがいいかもね」

「はい」

「なんかあったら聞くよ。先輩としてな」

　そう言うと、藤木はおどけてにぃっと笑い、伸びをすると首を鳴らしながら職員室を出ていく。優菜もざっと机上を片づけて、自分の教室に向かった。

給食も大切な指導場面のひとつだ。はじめの頃は配膳台の側で係に声をかけていた優菜だが、二学期から声をかけることをできるだけ控え、そして三学期になって教室に入らずに近くの廊下から見守ることにしていた。いつまでも教員の指示を必要としていてはよくないからだ。

廊下にはすでに白いエプロンを着けた係の生徒達が行き来していた。

「ひょ～！　今日はチキンカレーだったな。やったあ」

鹿島慎吾が配膳台に駆け寄る。

係がゴトンと配膳台に重い食缶を置いて蓋を取ると、食欲をそそるカレーの匂いがふわぁっと教室中に広がった。

小学校のカレーはそんなに辛くはないが、ルーから手作りで一度に大量に作るため、とてもおいしく、子ども達の人気メニューのひとつだ。優菜の指導で子ども達は、自分の食べられる量だけ食器によそうことになっている。

「水島お前、そんなちょびっとだけかよ」

後期の学級代表、横山健太が、スプーンに三回もすくえばおしまいという、よそい方をした奈緒をからかった。

「うわぁ～ほんとうだ！　そういえばお前、昨日の野菜スープも極小だったなっ！」

黙って聞いていた奈緒は男子達を睨みつけると、大げさな素振りで自分の席に着き、ガチャンと音をさせてトレイを机に置いた。汁物だったらきっと零れていることだろう。

「うっわ～、なんか凄い」

まわりで、様子を窺《うかが》っていた女子がひそひそと囁く。

「横山君は悪気があって言ったわけじゃないと思うんだけど」

「でも水島さんはそう思わなかったらしいね」

「っていうか、水島さんって話しかけてもすぐ終わっちゃうよね」

「給食いつも、ほんのちょびっとだけど、いいのかな？　羽山先生に言う？」

「あ、先生だ。先生が来た」

廊下に立っている優菜の姿を見かけて皆席につく。火曜と木曜の給食時間は席をくっつけず全員授業の席のまま給食を食べるのが優菜のクラスの決まりだった。今日は火曜日。席の移動はない。

「お待たせ。ああいい匂い」

「先生遅いよ！」

「腹減りすぎて倒れちゃうよ」

「ごめんごめん。じゃあ食べよっか」

「姿勢を正して……いただきます！」

その日の当番が声を上げて給食がはじまった。

優菜は教卓で食事をしながら、さりげなく奈緒に注目していた。奈緒は俯いて黙って食べている。席を替えないからといって、友達としゃべってはいけないということではない。だが奈緒は脇目もふらず、黙々と食べていた。食べ方は綺麗なものだが、かなりゆっくりだ。十分もすれば早食いの男子はお代わりまで済ませて、食器を片づけている者もいる。

水島さんはいつも少ししか食べないのよね……元々食が細いんだろうけど、食事をちっとも楽しんでいないような……。

しかし、ゆっくり食べている割によく噛んでいる様子もあまり見られない。むしろ飲み込むのに苦労しているという感じだ。このような食べ方は偏食の児童に時々見られる。噛んで味わうのは嫌だけれども、なんとか飲み込まなくてはいけないときに見せる表情だった。奈緒の場合、嫌いでも食べようと努力をしているのだから、偏食とはいえないかもしれないが、無理やり食べているのはたしかなようだった。優菜はいつもよりゆっくり目に食事を終えて、片づけのときに食器カゴが置かれた配膳台で奈緒とかちあうようにした。

「水島さんはあんまり食べないのね」

「……」

「いいなぁ。先生は昔から食いしん坊でよく男子にからかわれたわ～」

はじめから「好き嫌いが多いの？」などと聞いては身構えられてしまうと思った優菜は、別の方面から奈緒の話を聞き出すことにした。

「ええっ！　先生、そんなに細いのに食いしん坊なんですか？」

「うん、食べること大好き。もの凄く食べるよ～」

「嫌いなものとかないの？」

「子どもの頃は結構あったかな？　大根なんか、昔は大嫌いだったけど、今では好きな野菜になったよ」

「大根？　私、大根食べられますよ」

「ほんと？　凄いじゃない。じゃあなにか嫌いなものある？」

にっと笑って優菜は軽く聞いてみる。

「言ってもいいんだけど……う〜ん、じゃ先生こっち来て」

いつの間にか打ち解けた話し方になった奈緒は、教室の隅まで優菜を引っ張っていった。まわりの女子がふたりを見ている。ここは努めて何気なく振舞ったほうがいいと、優菜は思った。

「あのね？　先生、絶対他の子には言わないでくれる？」

「う、うん。言わないよ、言いません」

小柄な奈緒が顔を上げたので、優菜も大真面目な顔をして屈み込んだ。

「あのね？　私タマネギとジャガイモとニンジンが大嫌いなの」

「え!?」

優菜は苦労して驚きを隠した。給食の献立にタマネギ、ニンジン、ジャガイモが入っていない日はほとんどないと言っていい。奈緒にとって、今日のカレーなどは、そのどれもが入っている最悪のメニューだったのだ。しかも、給食は噛むことを意識させるために食材はどれも大きめに切られている。優菜は努めてさりげない調子で言った。

「そっか、じゃあ今日は結構サイアクだったね～」

「そうなの」

「どうしても食べられないなら、仕方がないけど、食べられそうなものがあったら、少しだけ食べようね？　あまりしんどくならないようにして」

いかにもたいしたことではないという風を装い、優菜は自分の席に戻って次の授業の準備をはじめた。給食当番が食缶を運び出し、楽しい昼休みがはじまる。

一体どのようにして今まで食べていたんだか……。

歓声が上がる運動場を眺めながら、優菜は想像してみた。

おそらく、噛んで味が染み出さないように、スプーンで小さく切りながら飲み込むようにしていたのだろう。奈緒が残食をして、食缶に戻している姿を見ていないから、少なめによそって、無理やり食べていたのだ。給食時間は彼女にとって苦痛に違いない。

もしかしたら、優菜の知らないところでからかわれたりしているのかもしれない。毎日わずかしか食べていないなら、変だなと気がつく児童がいるはずだ。このクラスに偏食の児童はいない。祖父母と共に暮らしていて、食べることに関して厳しく躾けられている子も多い。今でいう「食育」も、都会の学校よりも浸透しているように思える。

一度保護者の方に会って話を聞かないととは思うけれど、家庭訪問をして間もないから、なにかきっかけがないとやりにくい。

次々に食事を終え、運動場へ飛び出してゆくクラスメイトを振り返りもせず、学級文庫の本を読みはじめた奈緒に視線を戻して、優菜は考えていた。

二月に入った頃から五年生にインフルエンザが流行りはじめた。

学級閉鎖をするほどではなかったが、入れ替り立ち替わり、常に二、三人が欠席する状態で、保健室からは風邪やインフルエンザ予防のためのプリントが配布されている。給食前はもちろん、二時間目と五時間目の休み時間にもうがいと手洗いが励行された。五年生もずいぶん欠席者が出たが、優菜のクラスは今のところ軽いほうで、四日間休んでいた竹中渉が今日から出てきて全員出席となった。

二時間目は体育。この時期は持久走のシーズンで、グラウンドを自分のペースで三十分間走るのだ。葛ノ葉小学校の運動場は小学校にしてはかなり広く、二百メートルのトラックを取ってもまだまだ余裕がある。今日も持久走と知って何人かの生徒からは不満の声が上がった。たしかに走るだけでは面白くない。この授業ももう三回目だ。

「あったかくはなるけどつまんないよ～」

「でも、あと二回は走らなくちゃならないのよ」

優菜は少し考えて持久走を五分短縮し、自分達で用意と片づけをするなら残りの時間をドッジボールにすることを提案すると、児童から納得の声と歓声が上がった。

「なら早いとこはじめようぜ！　時間がもったいない」

「女子はこっからでぇす！」

「よーいドン！」

体育係のスタートの合図で皆一斉に走り出す。優菜も走った。子どもの頃から体育はそんなに得意ではなかったが、持久力には自信があった。さすがに一番体力のある男子のグループにはかなわないが、先頭集団のやや後方からさらに後ろを励ましつつマイペースで走る。

遅くなっても構わないが、あまりに無理をさせてもいけない。優菜がややペースを落として子ども達の様子を観察していると一番後ろの集団で走っていた、奈緒の体が急に傾《かし》ぐのが見えた。あっという間に小さな体は沈み、土の上に転がる。

「水島さん！」

優菜の叫びに子ども達が驚いて列が乱れた。

奈緒は横向きに倒れていた。優菜が慎重に奈緒の顔に触れ、原因がわかった。体が熱かったのだ。発熱している。一時間目の授業では、特に変わったところはなかったから、急に熱が上がったのかもしれない。そうすると可能性が高いのは流行性感冒、つまりインフルエンザだ。

「上野さん！　保健の先生に知らせてきて！」

保健委員の女子、上野《うえの》瑞希《みずき》に優菜が指示を出すと瑞希は「はい！」と叫んで走っていった。このまま冷たい地面に寝かせておくわけにはいけない。幸い奈緒は小柄なので優菜でも抱き上げられた。瑞希が走っていってくれたから、保健室ではすぐに体制を整えてくれるだろう。

「体育委員！　ふたりとも来てください！」

保健室に向かいながら優菜は声をかけた。持久走を中断し、体育委員の横山健太と小林麻子が走り出てくる。

「先生は水島さんを連れて保健室に行きますから、ふたりは皆を集合させてドッジボールをするように言っておいてくれる？　持久走は中止です」

奈緒を横抱きにして優菜がてきぱきと指示する。持久走が中止と知って、一部から歓声が上がりかけたが、優菜がじろりと視線を流すとすぐに収まった。

「集合！　しゅうご〜う！」

体育委員がばらばらになりかけた集団を集め、優菜の指示を伝えるのを後ろに聞きながら、優菜は奈緒を抱いて足早に運動場を横切った。保健室は校舎の入り口のすぐ横にある。校舎に駆け込むとすぐに、養護教諭が走り出てきて鉢合わせになった。

「あ、羽山先生、この子ですね？　このまま運べますか？」

養護教諭がやや緊張してたずねた。

「大丈夫です。このままベッドに寝かせます。上野さん、水島さんの靴をお願い」

瑞希がそっと靴を脱がせて、保健室の靴入れに置いている間に優菜は奈緒をベッドに寝かせて布団をかけた。養護教諭が体温を計る。

「三十八度五分ありますね。急に上がった感じですか？」

「そのようです。一時間目は変わったことはなかったです。まぁ、あまり騒ぐ児童ではありませんが。あ、上野さん？」

優菜は保健係の瑞希を振り返った。

「ありがとう。先生もすぐに授業に戻るから、上野さんもとりあえず運動場に戻ってくれる？」

「はい」

瑞希が出てゆき奈緒のほうにふり返ると、養護教諭がジェルシートを奈緒の額にのせているところだった。

「羽山先生、この子の家に連絡取れる？　ここでは寝かせる以上のことはできないから」

「すぐに電話をします。たしか共働きの家庭だから、家の電話には出られないかもしれないですが」

「そこに名簿があるわ。仕事先も載っています」

案の定、家は留守電だった。一応メッセージを残したが、優菜は思い切って母親の勤務先にかけることにした。

「……あ、水島さんのお母さんですか？　私、葛ノ葉小学校の担任の羽山です」

職場にかけると意外に早く取り次いでもらえ、奈緒の母親が電話口に出た。

母親に奈緒の熱が高いこと、インフルエンザの可能性があることを伝えると、母親はタクシーですぐ学校に向かうと言ってくれた。優菜は正門から一階の保健室に来てほしいと伝え、ほっとして優菜は電話を置いた。

「お母さんがすぐにいらっしゃるそうです、四十分ほどで着くとのことです」

「よかったわね」

養護教諭もほっとしたように言った。ここ数日インフルエンザで熱が上がる子どもが何人かいたが、こんなに急に高熱が出たのはさすがに珍しいらしかった。

優菜は横たわっている奈緒の小さな顔を見た。真っ赤に上気してかすかに口を開いて苦しそうにしていた。

「かわいそうに……先生、私はいったん授業に戻ります。授業を終わらせたらこの子の荷物をまとめてまた来ますので。それまで水島さんをお願いします」

優菜は養護教諭にそう言うと自分の冷たい指を奈緒の頬に滑らせ、カーテンを閉めた。


「ふ〜ん、大変だったな。お疲れさん」

藤木はコーヒーを飲みながら眉をひそめた。三時間目の途中に母親が迎えに来て奈緒は帰っていった。そのあとは特に変わったこともなく給食がはじまり、無事に昼休みを迎えることができたのだ。

「今度のインフルエンザは熱がかなり高いらしい。俺んとこもまだ四人欠席だわ。あんまりひどくなると学年閉鎖まで考えないといけないかもな」

「低学年はようやく下火になってきたらしいですけども」

優菜は職員室の前のホワイトボードの横にある出欠表を見ながら言った。一月の下旬は低学年では五人六人と欠席数が記入され、一年生は大事を取って学年閉鎖を二日間行ったのだった。

「う～ん、今年の冬は雨が少ないからなあ、乾燥して風邪も流行るか……」

「今日の放課後、私水島さんのお家に行ってきますね。委員会が終わったらすぐ出ます」

優菜は真っ赤な顔した奈緒を思い浮かべて、心が痛んだ。


優菜が奈緒の家に着いたのは五時をすぎてからだった。冬の夕陽が小さく山の端にかかっている。晴れていたがかなり冷え込んだ日だった。

「ごめんください」

チャイムを押して名乗るとすぐに母親が応対してくれた。聞くと医者にはまだかかっておらず、奈緒は奥の部屋で寝ているらしい。父親が早く帰ってきてくれるらしく、それから車で出かけるとのことだった。どうやら母親は車の運転ができないようなので、優菜は保護者の判断にゆだねることにする。そして、この機会に気になっていた奈緒の給食での態度について少したずねてみようと思った。

「えっと、あのぅ……奈緒さんの好き嫌いに関して少しおうかがいしてもよろしいでしょうか？　どうも給食が苦痛のように見えますので」

「え？　ああ、またですか」

母親はこの件について教師からたずねられるのは初めてではないらしく、特に驚いたようには感じられなかった。

「というと、前の学校でもなにか言われたことありましたか？」

「ええ、前の学校は地域的にもあんまりいい環境ではなくて。奈緒は好き嫌いが多くてよく残していたらしく、そのことでよくからかわれていたようです」

「それはクラスメイトからですね？　いじめのような？」

「ええ、でもたぶん……いじめまではいかなかったと思うんですけど、元々無口な子で家ではなにも言わないし、友達も少ないようだったし……」

「……そうですか」

食べ残していたというのは、今の奈緒と違うと優菜は思った。おそらく前の学校で食べ残しをからかわれたので、こちらではなるべく少なくよそって無理して食べていたのだろう。食べきれる量を自分でよそうというのは優菜の方針だったが、前の学校では違っていたのかもしれない。

「この間話をしてくれたんですが、ジャガイモとかニンジン、タマネギが嫌いだって」

「ええ、家でも裏ごしにしたスープならやっと食べてくれますが、そのままでは食べませんね。でも、そうそう手間のかかることはできないし」

「他になにか嫌いなものがありますか？」

「匂いのきつい野菜は全体的に嫌いだと思います。あと、豆、魚、パンもあんまり好きではないようです」

「それは結構多いですね。私のクラスでは配膳は各自で行い、嫌いなものでも少しは食べるように指導はしていますが、どうしても食べられないものは残してもいいようにしています」

「ああ、それはあの子にとっては助かるルールです。それで……奈緒はこちらでお友達はできましたか？」

「特に親しい友達はまだいないようですが……」

奈緒は自分のまわりにあまり人を寄せつけない雰囲気を持っている。優菜は慎重に言葉を選びながら答えた。

「やっぱり。あの子、ちょっと変わっていると思うんです」

「……どういうところがですか？」

「なんか、変に突っ張ってるというか、家でも本ばかり読んでいて、手はかからないんですけど、時々なにを考えているのか、親でもわからないことがあって……」

「お母さんでも？」

「ええそうなんです。転校にしたって、なにもこんな三学期にしなくても、新学期からって思うでしょ？　私達も奈緒に四月からにしてもいいよって話したんです。だけどあの子は構わないから早く新しい家に住みたいと言い張って……まぁ、私達もそのほうが好都合だったんで、急いで引越ししたわけなんですが。普通子どもだったらお友達とそんなに急に別れたくないじゃないですか。だからたぶん親しい友達はいなかったんだって思うんです」

「そういうことでしたか……」

これで珍しい時期の転入の理由がわかった。

「あの子、どうも言葉遣いがきついんで、私でもよく腹が立つことあるんですよ。そんな風にお友達としゃべってたらいけないよって、しょっちゅう注意してるんですけれど、どうも人の気持ちを察することが苦手なようで……父親ともそれで喧嘩になったり」

話しているうちにだんだん思いが募ってきたのか、母親はたくさんのことを話してくれた。たいていはどこの家庭でもよくある話だったが、親ですら手を焼く頑固な部分があるということはよく伝わってきた。

「……ではお大事に」

奈緒の家を辞去したときは六時をすぎていた。

たいしたことはできなかったが、予測していたことは母親の口から確認できたと優菜は思った。奈緒はおそらく前の学校でいじめられていたのだ。だから奈緒は早く転校したがったのだと優菜は確信した。男子にきつい態度を取るのは、向こうの学校で男子によくいじめられたのだろう。どこかで聞いた話だと優菜は少し苦笑する。

成績は普通だが、忘れものは少ないし宿題もきちんとやってくる。目立たないように、なるべくソツのないように振舞っているのだ。それは子どもながら痛々しいほどの努力だろうと想像できた。

優菜は奈緒の気持ちがよくわかった。よく職員室にやってくるのは、息抜きの意味もあったのだろう。自分もかつて似たような子どもだったから。

「さむ……」

コートの襟に顎を埋める。真っ暗な空は曇っているようで、星ひとつ見えない。国道沿いは北風が強く、このあと夕飯の買い物に行くのも、帰ってから料理をするのも億劫で、優菜は県道沿いのファミレスに入った。なにか温かいものを食べて力をつけて帰ろうと思ったのだ。

「ブイヤベースを。あと、ストレートティをホットでお願いします」

食事どきとはいえ、木曜日のファミレスは空いていて、優菜の他にはサラリーマン風のふたり連れが喫煙席に座っているのと、反対側の一角を占めているスポーツクラブのグループだけだった。優菜はどちらにも少し距離をあけて店の奥のほうに座った。

忘れないうちにと、優菜は今日一日に起こったことをノートにつける。固有名詞は使わず、自分にだけわかる記号を使ってメモを取っていく。本当は帰ってからの仕事なのだが、食事が運ばれてくる間の時間がもったいない。今日はもう早く休みたかったのだ。今日の特筆事項は二時間目に奈緒が倒れたこととその経緯、放課後の家庭訪問だった。

料理が来てからは手を止め、グツグツと煮立っているスープを楽しんだ。薄く焼いたバゲットも添えられていて、スープに浸せるようになっている。細い割によく食べる優菜にとっては嬉しい量だった。

食べ終わって、優菜は再びノートを広げる。ぼんやり中空を眺めながら考えをまとめていると、近くで高い声が響いた。思わずそちらを見ると、スポーツクラブの集団の中に見覚えのある女性がいる。

それはかつての同級生、田端依子。以前、志郎が付き合っていた女性だった。

最後に会ったのは夏前だったから半年以上経っている。だがそれだけでなく、優菜がすぐにわからなかったのは、依子の持つ雰囲気ががらりと変わっているせいだった。

優菜の記憶にある依子は、すらりとした肢体を強調する派手な服を纏って高価な物を身につけている印象だった。そして志郎の気を引くように甘い声を出していた。なのに今はアスリートのようなジャージを着て、とても活発な女性に見える。

羽織っているスタジアムジャケットは、優菜の背後で騒いでいる青年達と同じもので、〝ミワフットサルチーム〟とロゴが入っている。聞こえてくる話の中身から依子はマネさんと呼ばれているようだ。マネさんとはマネージャーのことだろうから、フットサルチームのマネージャーにでもなったのだろうか？　最初の印象では遊び好きなお嬢様という感じだったから、この変わりようは意外だった。

依子はきっといろいろ乗り越えたのだと想像できる。優菜には志郎の隣でブランド品で身を固めていた彼女より、今の姿のほうが、目指すものがあるようで輝いて見えた。それに比べて自分はどうなんだろうと考える。

スポーツクラブの人達が勘定を済ませて出ていくのを見送ってから、優菜も席を立った。暖かすぎるレストランの外に出ると周囲から闇と冷気が押し寄せてくる。急いで手袋をつけて、自転車置き場に向かった。

ハイツに帰って湯舟に体を浸すと、ようやく固まっていた体が解けていくような気がした。この数日は本当に寒かった。空気も冷たくて乾ききっている。都会の学校に比べて、丈夫な子どもが多い葛ノ葉小学校だが、今週は休む児童がもっと増えるかもしれない。

ゆっくり体を温めて湯から上がると、体に溜った疲労の澱《おり》が流れた気がした。鏡には息を吹き返した自分が映っている。

「今日もいろんなことがあったなぁ……」

寝間着の上から部屋着を着たとき、滅多に使わない携帯の着信音が鳴り出した。表示を見ると志郎からである。

運動会のあと、ふたりの距離はずいぶんと近くなった。特にクリスマス以降は頻繁に連絡を取り合う仲になっていたのだ。

重なることはないと思っていたふたつの糸が少しずつ縒《よ》り合わさっていく。

「羽山？　今いい？」

声を聞くのは久しぶりだった。

「大丈夫、お仕事はもう終わり？」

「うん、さっき終わった。お前、もう風呂入った？」

「ええ、今上がったばかり」

「そうか。あったかくしてるか？」

「してるよ。今風邪引けないし。あのマフラーも毎日使ってる」

優菜は部屋の隅にコートと一緒にかけてあるマフラーを見た。それはオレンジ色のカシミア地に毛糸刺繍がしてあるもので、志郎からのクリスマスプレゼントだったのだ。

それはふたりにとって重要な意味がある、あの教会でのクリスマス会でのこと。一ヵ月前、去年の年末のことだった。


商店会の会長にサンタ役を頼まれた志郎が、優菜に手助けを頼んできたのだ。

クリスマス会そのものは盛況のうちに終わった。志郎のサンタも好評だった。久しぶりに足を踏み入れた教会は子ども達の笑顔と歓声にあふれていた。あの頃新しかった集会室は少し年代がかって、床も古びていたが、その分温かみがあって、つらかった記憶に楽しい思い出が上書きされた。忘れることはできないが、もう苛《さいな》まれることはないだろう。

忘れられなくったって、苦味はどんどん薄れていくものなのだ。事実、優菜はとても満ちたりた時間を過ごすことができた。

パーティのあとふたりで並んで帰る。寒さは気にならなかった。

「いいクリスマス会だったよな」

「そうだね」

　優菜は空を見上げた。静かだ。

　ホワイトクリスマスなど望むべくもないが、空気は冷え切って澄み渡り、気持ちがいい。山手の空は暗いが、真っ暗闇ではなく、深く、どこか温かい藍色の天である。この辺りは田畑が多くて街灯も少ないので、星明かりがよく見えた。優菜はこんな冬の夜が好きだった。

「疲れたか？」

「ううん……歩きたかったからちょうどいい」

「俺もそんな気がしてる。寒くないか？」

「平気」

　ふたりして黙々と歩き、農道を折れて道路を渡ると優菜のハイツが見えた。

「ほら……コレ」

　ハイツ裏の小さな柿の木の下で志郎は立ち止まり、サンタの衣装が入ったバッグから包みを取り出した。

「え？」

　可愛らしいラッピングが施された包みは軽くて、優菜の両手の上にそっと載せられた。

「もしかしてプレゼント？」

「うん……開けてみて。あ、カバン持つから」

　優菜は包み紙を丁寧に開いた。柔らかな不織布《ふしょくふ》が現われ、中から橙色のマフラーが出てきた。とても柔らかな手触りの素材で、端に雪の結晶がニット刺繍されている。

「俺はこういうものよくわからないんだけど……どうかな？」

優菜はマフラーを首に巻いてみた。

「どうですか？」

「おお！　いいじゃん。似合ってる。俺のセンスもなかなかだな！」

「ありがとう。人からものをもらうって慣れてなくて……ありがとう。嬉しい」

「本当は教会で渡したかったんだけど、恥ずかしくてさ」

「うん今日は楽しかったし。誘ってくれて本当にありがとう」

これでまた悲しい思い出が素敵な色に上書きされたのだった。


「そうか。嬉しい」

電話の向こうの志郎の声が弾んでいた。

「とても暖かいの、これ」

「よかった！　そう言えば渉が昨日まで風邪で休んでたってな？　今日帰り際に店に寄ってったぞ。なんか痩せてて元気がなかった」

「そう、インフルエンザ。四日間も休んでた。今日からやっと登校してきたの」

「だってな。ずいぶん流行っているな。今日は女の子がいきなり倒れたって？」

渉は志郎に学校のことをなんでも話すほど慕っているらしい。

「よく知っているなぁ……私には守秘義務があるんだけど」

「子どもにはそんな義務ないからな。渉はだいぶびっくりしたらしい」

「私だって驚いたよ。仕事の帰りにその子のお家に行ってきたところ」

「今年は結構ひどいらしいな。インフル」

「うん……そうなの」

優菜は前の学校で男子にいじめられていた奈緒のことを考えていた。男の子はどんなときに女の子をいじめたくなるものなんだろうか？　志郎に聞いてみたら参考になるだろうか？

「あの……」

「……ん？」

「ううん……なんでもない。今日はちょっと疲れただけ」

自分の浅慮《せんりょ》に気がついて優菜は言い止めた。そんなことを聞けば、自分がいつまでも子どもの頃のことを引きずっているようで、志郎が気を使うと思ったからだ。それに、自分の仕事のことで志郎を煩《わずら》わせるのはよくない。相談相手なら学校にいる。

「学校だったら、あっちこっちからばい菌もらうもんな。お前は大丈夫なのか？」

「今のところは。インフルエンザは、ばい菌ではなくてウィルスだけどね。予防接種したから、たぶん大丈夫」

「そうか」

「あ、そうだ……今日、田畑さんを見かけたよ」

言ってから優菜は後悔した。これは彼らの問題で、自分が立ち入るべきではない。しかし、志郎は気にならなかったようだ。

「ああ、あいつね。会社辞めてフットサルチームのマネージャーやってるって聞いたな」

「あのユニフォームはやっぱりそうだったのね。雰囲気がずいぶん違っていたからすぐにはわからなかった」

「あいつもいろいろあったんだと思う。俺が言えた義理じゃないけど」

「そうよね」

「俺も人づてに聞いたんだけど最近はチームのことで結構忙しいらしい』

「そう。チームの人とにぎやかに話してたよ。それに忙しいほうがいろいろ考えないでいいと思う」

「お前もそうなのか？」

「忙しいよ。クラスにも問題が出そうだし、月末には研究発表があるし」

「先生も大変だなぁ。無理はするなよ。話くらいならいつでも聞けるからな」

「ありがとう」

優菜は素直に言った。

「じゃあな、お休み。今夜めっちゃさぶいわ。あったかくして寝ろよ」

「うん……お休みなさい」

優菜は静かに電話を切った。彼と話して心が弾んでいる自分がとても不思議だった。

一週間後、やっと奈緒が登校してきた。通常のインフルエンザの欠席は熱が下がってからだいたい三、四日ぐらいなので、一週間というのはよほど悪かったのだ。事実、奈緒の顔色はまだ悪く、元々痩せぎすだった体がひとまわりも縮んでしまったように見えた。登校してからすぐに奈緒は職員室にやってきた。保護者からの体育の授業の見学届を見せに来たのだ。

その日も朝から曇っていて底冷えのする日だった。天気予報によれば、ところによっては雪がちらつくらしい。

「まだ無理はできないね。お母さんに聞いたけど熱が高かったんだってね」

優菜は保護者からの連絡帳を見ながら白い顔の少女に聞いた。

「最高四十一度だって。私は寝てたからわからないけど」

「わぁ、それは大変だったね。もしもまた、しんどくなったら我慢せずに言ってね」

「はい」

細くなった体に大きすぎるランドセルを背負って、奈緒はお辞儀をして職員室から出ていった。すぐにチャイムが鳴り、職員朝礼がはじまる。

「なんか、あの子さらに小さくなったような気がするな」

藤木が優菜に呟いた。

「ええ、普段からあまり食べない子ですし、抵抗力がないんでしょうね」

「今日も欠席が多そうだなぁ」

朝礼の間も電話のベルが鳴りっぱなしだ。保護者からの欠席連絡である。今年の流行のピークはすぎたが、学校全体となるとまだ油断できない罹患率《りかんりつ》だった。諸連絡が終わり、教具の準備をして優菜は廊下に出た。と、そこに奈緒が突っ立っていた。

「どうしたの？　こんな寒い廊下に立っていては駄目じゃない。また熱が出ちゃうよ」

驚いた優菜が奈緒に駆け寄る。奈緒は少し嬉しそうだった。

「だって、長い間休んでいたから、教室に入りにくくて……先生一緒に入ってくれる？」

奈緒の本音だろう。元々疎遠な級友に五日ぶりにどのような顔を見せていいのか、本気で途方に暮れていたのだ。教師と一緒に教室に入ればそのままホームルームがはじまるから、余計な話をせずに済む。優菜は自分もかつて、級友と余計なおしゃべりをしたくなくて、始業ぎりぎりに登校していたことを思い出した。

「いいよ、一緒に行きましょ。でも、今日だけね。そんなことを続けていたら、ますます気まずくなっちゃうから。わかるでしょ？」

「うん……」

「皆と話したくないの？」

いいきっかけかもしれないと、優菜は思い切って聞いてみた。教室は三階だ。ゆっくり階段を上る。

「誰かいじめてくる子とかいる？」

「……いじめるっていうんじゃないけど……」

「皆やたら話しかけてきて……なんかうっとぉしい」

奈緒は前の学校でいじめられていたと優菜は推測していた。

「この学校の子ども達は、人懐っこい子が多いからね。でもそんな風に思うのはよくないな。水島さんと友達になりたい子がいるかもしれないのに」

「ええ～」

「男の子達はどう？」

「時々からかってくるウザイ子はいるけど……別に気にしない」

そこまで話したところで教室の前に着いた。すでに他のクラスの担任が教室に入っているので廊下に出ている子どもはいなかったが、優菜のクラスからは楽しそうな声があふれていた。

昼休みに事件は起きた。

給食を終え、職員室に戻って休憩をしていた優菜のところに、保健委員の瑞希が駆け込んできた。

「先生っ！」

「なに？　どうしたの⁉」

優菜は慌てて立ち上がった。

「横山君と水島さんが喧嘩をしていますっ！」

優菜は職員室を飛び出すと階段を駆け上がった。三階の廊下に飛び込んだときには、他のクラスの児童が廊下の窓から覗き込むくらいの騒ぎとなっていた。優菜が子ども達を押しのけて教室に入ると、瑞希から聞いた事情と全く違う展開が繰り広げられていて、唖然とした。

というのも、奈緒が喧嘩しているのはたしかにそのとおりなのだが、その相手は健太ではなく、クラスのリーダー格の女子数人で、当の健太はなんだか仲裁をしているように見えたからだ。おまけに給食の後片づけも途中で、あちこちに食器や牛乳パックが放りっぱなしになっている。

「お前らもうやめろって！　俺は別に……」

健太がおろおろしながら喧嘩相手のひとり、麻子をとりなしている。

「横山君は黙ってて！　私ら一回この子に言わなくちゃって思ってたの！」

体育委員の麻子は奈緒と同じくらい体が小さいが、声がとても大きい。いつもは健太と同じく、リーダーとしてクラスを引っ張ってくれている。決してまわりが見えないタイプの女子ではない。普段は正義感が強く、さばさばした性格でいじめをするタイプには見えなかった。

その麻子が顔を真っ赤にして奈緒を睨《にら》みつけていた。そして、麻子と仲のいい大澤由美《おおさわゆみ》が傍で彼女を応援しているようだ。

「そうよ！　横山君お盆で頭どつかれたんだから、保健室にでも行ってくれば？」

「そんなにきつく叩いてない！　ちゃんと加減してやってるし！」

奈緒も怒鳴り返す。どうやら奈緒は給食のお盆で健太をぶったらしい。

「そーゆー問題じゃないでしょ！　そんなもので人の頭叩いていいと思ってんの？」

「それはこいつが悪いからでしょ！　あんた達だって聞いてたくせに一方的に決めつけないでよ！」

「ちょおっと、まった！」

優菜が割り込んだのはそのときだった。

「あ！　先生！」

「羽山先生！」

「先生、水島さんが……」

「いいから！　廊下の窓を閉めて！　それから当番の班は給食の後片づけをしてください」

優菜はクラスを見渡しながらテキパキと指示を出した。内心どきどきしていたが、ここは指導者として顔や態度に出してはいけない。優菜が見たところ、当事者は奈緒と健太、そして麻子と由美の四人のようだった。まずは喧嘩の事情を聞かなくてはならない。だが、ここではまずいだろう。好奇心に満ちた顔に囲まれている。事情によっては次の授業に少しずれ込むかもしれないが、相談室で話を聞いたほうがいいと優菜は判断した。

「まぁ、とりあえず四人とも先生と一緒に来てくれる？　話を聞くから」

優菜が四人を伴って廊下に出ると、心配して見に来てくれたのだろう、藤木が廊下の交通整理をしてくれていた。

「羽山先生。どうでしたか？」

「あ、すみません。とりあえず相談室で話を聞くことにしました」

優菜は小声で伝え、かすかに会釈をする。藤木も片目を瞑《つむ》って了解の意を示した。あとはまかせろということだ。

「は〜い、皆さん、野次馬の気持ちはわかるけど、とっとと散ってくださ〜い。先生が今から楽しい算数のプリントを配りま〜す」

おどけた藤木の声にまわりの空気が和《なご》んだ。


「なるほど。コトのはじめは給食の後片づけのときだったんだ」

「はい」

四人は異口同音に答えた。これは間違いはないらしい。相談室は普段は使わないので、優菜がエアコンをつけてもなかなか暖まらない。

「初めは俺が水島をからかって……」

「どんな風に？」

優菜は軽く聞いてみた。健太は大柄で運動も勉強もできるクラスの人気者だ。それは大らかで明るく、誰とも分け隔てなく接し、ふざけはしても、度を越すことはないという彼の性格から来ていた。新興住宅地の子どもだったが、地元の子ども達とも仲良くできてクラスの中心だった。優菜も彼の人柄は信頼している。

「水島が少ししか食べないんで、そんでもってあんまりゆっくり食べてるからB班のヤツらが後片づけができないって言ってたんです。だからお前がそんなだから、病気になってもなかなか治らないんだぞって俺が注意をして……」

「それだけじゃないでしょ！」

奈緒がまた大きな声を出しかけた。

「まぁ、待って。今は横山君の言い分を聞くから」

優菜は少し強い視線を奈緒に走らせ、口をつぐませる。

「それから？」

「ええと、お前普段から給食をちょっとしか食べないけど、それでいいと思ってんのかとか、あんまりわがまま言うなよとか、言ったと思います。そしたら……」

「いきなり水島さんが給食のお盆で横山君を叩いたんです！」

麻子が割って入った。

「だよね？　横山」

「うん……」

「間違いはない？」

優菜は今度は奈緒に聞いてみる。奈緒はしぶしぶ頷いた。

「だって、なんで私がわがままなんですか？　給食を少ししかよそわないだけで残しているわけでもないのに！　ゆっくりでも努力して食べてんのに！　私を嫌うのはそっちの勝手で、私は別に悪いことしてません！　自分がちょっと人気があるからって、人を馬鹿にするのもほどほどにしてよね！」

しゃべっている間に再び激してきたらしく、奈緒の声が高くなっていく。優菜はひそかにため息をついた。

たしかに奈緒は気難しいところがある。言い分については間違ってはいないが、言葉と口調がきつい。普段無口だから、余計にそう思えてしまうのだろう。加えてプライドが高く、人と気安く交わることが難しい。前の学校でいじめられたのも、そのあたりが原因だろう。

これは一見強さのように見えて、弱いところであると優菜は思った。健太は言葉使いは雑に聞こえるが、おそらく奈緒のことを気にかけたのだ。彼は他者のことを考えられる子どもだ。

「横山君は水島さんを馬鹿にしたの？」

優菜はあえてたずねてみた。

「……俺はそんなつもりは別に……」

健太は優菜の視線を逸らしてしまった。

「馬鹿にしたじゃない！　アンタなんかから説教されたくないよ！」

　奈緒は言い放つ。その迫力に麻子も由美も目を丸くして立ち尽くしている。元々このふたりは義俠心《ぎきょうしん》から健太に加勢したのだろう。あとできちんと話をすればいい。しかし奈緒はこのまま返せない。優菜は奈緒と、ふたりで話さなくてはならないと思った。

「横山君は馬鹿にしたつもりじゃなかったと思うよ」

　あとの三人は教室に返し、相談室の椅子に腰をかけて優菜は言った。少しじっくり奈緒と話すいい機会だと思ったからだ。授業は藤木に頼んで、宿題にするはずのプリントを配布してもらい、とりあえずそれに取り組ませている。

「先生は横山君のことをよく知ってる。たぶん長いこと欠席した水島さんを、彼なりに気使ってくれたんだよ」

「たとえそうでも、余計なお節介だと思います。せっかく……」

　相談室の片隅に立ったままの奈緒が言った。

「この学校では目立たないようにしてきたのに、お節介な横山君に台無しにされたって思ってるの？」

　思い切って直球を投げてみる。それは図星だったらしく、奈緒がひるんだような表情を見せた。

「正直に言ってみて。水島さんが転校してきた一ヵ月の間に横山君が人を馬鹿にしたり、いじめてるところ見たことある？　そりゃ男子だから、ふざけることは多いけども」

「……」

「横山さんは水島さんを心配して言ったのかもしれないよね」

「じゃあ、先生は私が悪いって思っているの？」

きっと顔を上げて奈緒が優菜を見据えた。その視線は子どもにしてはかなり強いものだった。

「悪くないよ。でも、最初から皆と仲良くしようと思ってなかったのではない？」

優菜は言葉を選びながら奈緒に言った。奈緒の肩が強がっている割に薄く見えて痛々しい。

「前の学校で嫌なことがあったのね？」

じっと優菜を見ていた奈緒がやがて唇を歪めて項垂《うなだ》れた。

「……うっ……」

しばらくして奈緒が肩を震わせはじめる。

「うえ～っうっうっうっ」

今までの強気が嘘のように奈緒は泣き出した。

「……泣かなくてもいいよ。大丈夫」

優菜は怒っていないことを示すために奈緒の肩を優しく叩いた。そうしてしばらく待ってみようと、パイプ椅子を傍に引き寄せてすぐ隣に移動する。カウンセリングでは真正面には座らないほうがいいのだ。

少女の甲高い啜り泣きがしばらく続いた。なだめるようにゆっくりと背中をさすりながら、優菜はその細さに痛々しさを感じる。

「だって……まっ、前の学校で……凄く嫌なことがあって……私凄い弱くて……自分が凄い嫌でっ……今度の学校では絶対に弱くなりたくないって思ってて……」

しばらくして、鼻を啜り上げながら奈緒はようやく話し出した。最初はつっかえながらだったが、最後の言葉は強く伝わった。

「嫌なことって……どんな？　もしも嫌じゃなかったら、話してくれる？」

優菜は低い静かな声でたずねた。

「……私、給食の好き嫌い多く……て、前の学校ではほとんど毎日残してたら……」

「うん」

「クラスのひとりの男子が凄く意地悪で、私の食器にだけわざといっぱい入れてきて……山盛りに……そんで食べられなくて、お盆の上に……は、吐いたことあって……それから皆に汚いとかくさいとか言われて……でも私、なんにも言えなくて……そしたら、どんどんしゃべってくれる子いなくなって」

「友達は？」

「最初はいたけど、だんだん口をきいてくれなくなって……たぶん私と仲良くしたらいじめられるから……陰で悪口とか言ってたって……」

「まぁひどい。お母さんには話さなかったの？　先生には？」

「お母さんはその頃働いてたからあんまり家にいなくて……心配かけたくなかったし。担任も好きじゃなかったから言わなかった……」

「そうだったの……つらかったね」

「うん……しんどかった」

一度言い出してしまうと堰《せき》を切ったように奈緒はしゃべり出した。今まで苦しくて仕方がなかったのだろう。

「だからここじゃ、給食を自分で入れさせてくれるから、凄い嬉しかった。からかわれないように、なるべく少しだけ入れて飲み込んで食べてたんです。そうすれば目立たないって思ったから」

「うん、そうしてたね。頑張ってたんだ」

「友達も。前に仲のよかった子も、吐いてから私と口をきいてくれなくなったから、もう仲のいい子は作らないほうがいいって思って……」

「うん」

「仲良くならないほうが、あとで悲しくならなくっていいって思ったんです。話しかけてくる女子ともあんまりしゃべらないようにして……」

「それは……ちょっと誤解されたかもね」

「知ってる。でもなんかここじゃ、男子も女子も凄く仲良くって、入っていけない気がしたし」

少し落ち着いてきたのか、しゃくり上げるのが収まってきた奈緒は項垂れながらもしっかりと話し出した。

「うん。でもね、それはちょっと勘違いしているかもしれないね」

「……うん。横山だって、本当はいい子だって知ってるんです。結構優しいし、だけど、うっとおしかった。なんでもできるし、友達が多くていつも楽しそうだったし……そんで今日、気合入れて学校に来たのに、なんかいきなり説教みたいに言ってきたから、凄くムカついて……」

「……」

奈緒の言葉は、まるっきりかつての自分だった。項垂れる薄い肩はまるで幼い自分を見ているようで、優菜は大変居心地が悪かった。あの頃の優菜も、志郎のことをなんでも持っている嫌味な男子だと思って嫌ったものだ。

「うん、よくわかるよ、水島さん！」

「え？」

思わず力強く肯定してしまった優菜を不思議そうに奈緒は見つめた。

「え？　えっと、え〜、先生も昔、そういうことあったから水島さんの気持ちもわかるんです」

ここが担任の踏ん張りどころだ、と優菜は思った。奈緒を昔の自分のような生徒にしてはならない。ひとりが好きな子どもでも、孤立させてはならないのだ。そんな子を作らないようにしようと、自分は赴任してすぐ決心したはずだ。

「横山君はきっと、転校してきたばかりの水島さんのことを気にかけてくれたんだって思う。だって横山君も低学年のときにこっちに転校してきた子だから。水島さんの気持ちがよくわかったんだよ。たしかにお節介だったかもしれなかったけど、カッとなってお盆で叩いたのはよくなかったね」

「うん、それは……はい」

素直に奈緒は頷いた。自分でもバツが悪いのだろう、ますます俯いてしまった。

「そんで、小林さんと、大澤さんのふたりが口を出したんだね？　あのふたりは横山君とも仲がいいし」

こくん、とまた奈緒の頭が下がった。

「普段他の男子はいじめてくる？」

「いじめっていうか、男子は元々好きじゃないです」

「女子は？　小林さんとは普段から気が合わなかったの？」

「っていうか、体育委員をやるような人は人気があって、私なんか……」

なかなか正直に奈緒はものを言った。

そういえば麻子は奈緒が転校してきたはじめの頃はよく面倒を見てあげていた。それを奈緒が適当にあしらいはじめたので、その辺りから腹を立てていたのかもしれない。これでだいたいの事情はわかった。

優菜は時計を見た。五時間目の授業がはじまってから二十分が経っている。そろそろ戻らなければいけない。

「わかった。ひとつの教室に三十人も一緒に生活していると、たまにこういうこともあります。でも、今日起こったことは、今日中に、解決したほうがいいと思うんだ。あとで横山君や小林さん達と話ができる？　先生も一緒だから」

少し時間があいたが、奈緒はこくんと頷いた。

「うん。よく決められたね！　えらいよ……で、先生はこれから授業に戻るけど、どうする？　一緒に戻る？　それともこの時間だけ、ここにいる？」

優菜はわかりやすいように選択肢をふたつにして聞いた。幸い、今日は五時間で終了だ。

「……ここにいたいです」

「そう。じゃあ、他の先生に様子を見に来てもらうように言っておくからね。宿題のプリントを渡すから、それをやってもいいですよ。あとでここにまた横山君を連れてきます。それまでになにを言うか考えておこうか？」

優菜は奈緒の頰を両手で包んで顔を上げさせた。まだ目は赤いがもう泣いてはいない。

「大丈夫？」

「……はい」

「まだ寒いね。鼻が冷たいわ。病み上がりだから気をつけなくちゃ。あ、雨が降り出してきたね、見て」

窓の外には、みぞれのような不透明な水がぼとぼとと落ちてきている。

「寒いはずよね。エアコンこのままつけておくから。それじゃあ、先生は授業に行ってきます。あんまり難しく考え込まないようにね」

優菜はエアコンの温度を少し上げ、ドアを開けながら奈緒に声をかけた。

「……せん、せい？」

「なぁに？」

「喧嘩してごめんなさい」

小さな声で奈緒が言った

「いいの。私に謝れるんなら、大丈夫！　きっとうまくいくよ。心配しないで、先生にまかせて。先生も昔はいじめられてたことあるの。皆にちゃんと言っておきますからしばらく待っててね」

明るく言葉をかけて優菜はドアを閉めた。

学年会議が終わったのは七時前だ。職員室にもうあまり人はおらず、永嶋も歯医者の予約があると言って慌しく帰っていった。

昼すぎから降り出した冷たい雨が夕方頃から雪に変わった。初めはみぞれだったのが今では粉雪となって辺りを白く染めはじめている。冬至はとっくにすぎたが、日が暮れはじめると一気に暗く、そして寒くなる二月の初めだった。

「すっかり遅くなった。俺達もぼちぼち帰るか？　この雪だし、自転車は危ないぞ。とりあえず駅まで送るよ。傘はある？」

「はい、ロッカーに置き傘が。ホントだ、結構降ってきましたね。すみません、じゃあ、お言葉に甘えて。お願いします。すぐに着替えてきますね」

藤木の車で送ってもらう短い間に優菜は、今日の顛末《てんまつ》を振り返ってみた。今日は奈緒が転校してきてから、いろいろ心配していたことが一気に爆発した日だった。

帰りのホームルームで奈緒は健太を叩いたことを謝り、自分は給食が苦手で少ししか食べられないということも正直に話した。また、少しずつでも食べようと努力していることも伝えた。クラスの子ども達は皆、神妙に聞いていた。健太もそれを受けて奈緒におせっかいをしたことを謝り、麻子と由美も謝った。

そして最後に優菜は、自分も含めて苦手なことは誰にでもあるし、どうしてもできないことだってあることをお互い認め合いましょうと話を締め括ったのである。

帰りのホームルームは少し長引いたけれど、今までで一番充実していた。優菜は晴れ晴れとした子ども達の顔を思い出し、心が温かくなる。無論主役は子ども達なのだが、演出したのは自分なのかもしれないという職業的な達成感があった。そして、聞き上手な藤木に聞いてもらうと、自分だけでは気づかなかった点が多いと改めて感じる。

「ふぅ〜ん、そんな風になったんだ。帰りのホームルームが長引くってのは子ども達が一番嫌なことのひとつだから、二十分も延長したのに文句が出なかったってのは凄い」

「皆それぞれ苦手なことがあると思ったからじゃないでしょうか？　最後は皆、口々に自分の苦手なことを言い合っていましたよ」

「うまくいってよかったじゃないか。雨じゃなくて雪降って地、固まるだよ。全く子どもって時々凄いな」

フロントガラスの向こうにはヘッドライトに照らし出された雪が風に煽《あお》られて向かってくる。その向こうには闇がひと際《きわ》濃い。まださほど遅くはないはずなのに辺りはすっかり暗くなっていた。

「ええ、私もびっくりして……なんか、あの柔らかさにはかなわないなぁっていう気がします」

「そうだな……彼らは柔軟で、寛容で……そして頑固で狭量《きょうりょう》なんだ」

たしかに子どもとは不安定なものだ。話の流れでいったん納得したように見えても、少し時間が経てば同じ過《あやま》ちを繰り返すことだってある。これからだってなにがあるかわからない。今回はたまたまうまくいったということだ。クラス内での人間模様はこれからも観察していかなくてはならないだろう。

「横山君はとっても公平で、優しかったんですよ」

健太は勇気を振り絞って謝ってきた奈緒に対し、気にすんなと逆に励まし、女子との仲介役までやってくれたのだった。もちろん優菜も支援はしたが、小五男子にこんなことができるとは思っていなかった優菜は、感心しながら見守っていた。

健太自身も小二のときに、都会からこちらの新興住宅地に越してきた児童だ。闊達《かったつ》で積極的な彼は、地元の子ども達といろんなことがありながらも、その大らかな人柄で乗り越えてきた。遊びもスポーツもよくこなし、今では地元の子ども達からも一目置かれるリーダーになっている。

「まぁ、たしかに横山は大物なんだよな。だけど、あの水島って転校生は結構クセあるだろ？　あのタイプはこじれると厄介なんだぞ」

「そうかもしれないけど、水島さんだって腹を括ってからはとってもオトコマエだったんです。自分の今までの態度が悪かったって言ったし。それから女子代表の小林さんも事情を聞いて納得してくれて、自分もきついしゃべり方をしたって謝ってくれたんですよ。私は小林さんと水島さんは似ているところがあるって思ってたんです」

「そっかぁ～？　女子は陰湿だぞ」

「それは偏見です。会議でも報告したとおり、彼女は感情表現が上手じゃないのを隠すためにちょっと突っ張ってただけで……無理もないと思います。前の学校ではいじめられて、三学期になって転校してきて、すっかり友人関係が固まったクラスの中に入っていくのはなかなかしんどいことですよ」

「たしかにそうか。そんな風に考えられるようになったんなら、羽山先生ももうすっかり一人前かな？」

「茶化さないでください。藤木先生」

すっかりリラックスした様子で優菜は言った。素直に嬉しかったのだ。

「いや、マジで言ってんの。今回はひとりで頑張ったもん。俺や永嶋先生に相談もしなかったし」

「そんなことないです」

「自分を過小評価しない。五時間目の授業をつぶしてまで話を聞くのは勇気が要ったろ？　そのインターバルがあったから、水島も皆も頭が冷えたんだよ」

「だってあのまま教室には置けないし」

「だからグッドなタイミングだったんだよ。給食のあとでのことで皆、腹のほうは満たされて話が聞きやすいだろうし。そもそもきっかけが給食だったんだけどな」

「そうですね」

「食べることって直接生活に結びつくことだから、地味でも重要なことだし。給食は週に五日もある指導ポイントだからな。うん、よくやった」

心底感心したように藤木が褒める。優菜はおだてに乗る気分になれず、考え込んでしまった。そろそろ街が近づき、フロントガラスの向こうに光の塊が見えてきた。視界がひどく悪い。藤木はスピードを緩めた。

「こりゃあ、明日には積もるかな？」

「このまま一晩降ったらそうなりますね」

「ああ、この街は一年に一度くらい銀世界になるんだ。綺麗だぞ」

「楽しみです。子ども達の気分も変わりますかね？」

「変わるよ。子どもなんだもん。いいタイミングで降ってくれたもんだ。ところで、羽山さんの体験は少しは役に立ったのかい？」

藤木は、少し俯いた白い横顔をちらりと見ていった。彼の言うのは優菜が志郎にいじめられていた件のことだ。

「……ええまぁ、少しは」

「許してあげたんでしょ？　あの人のこと」

「許すって、十年以上昔の話です。どんだけ私、執念深いんですか」

「そんなこと思ってないよ。ただ、結構拘ってたろう？」

「たしかに苦手でしたけど……」

車が駅前通りに滑り込む。遅くなったせいかもうそんなに混み合ってはいない。家路を急ぐ人の傘が黒くすぎてゆく。その傘にも雪はうっすらと降り積もっていた。

「でもさ、最近の羽山さんを見てると、以前のような構えてる感じがしなくてさ……なんかこう……柔かくなってきたんだよね」

「それは仕事に慣れてきたからですよ」

「それだけでもないと思うけどなぁ。俺、これでも教師だからね。ニンゲンカンサツがシゴトだもん。あの人は頼りになる人だと俺は思う。あとは君次第だね。じゃあ明日。滑らないように気をつけて」

「はい。送っていただきありがとうございました」

ハイツに至る道の手前で優菜は車を降りた。ハイツまではあと数十メートルあるが、ここでいいと言ったのだ。

この先は志郎と一緒に歩きたい道だったから。

七. 春色

「これでホームルームを終わります」

「きりぃ〜つ。礼！　さようなら」

子ども達がわらわらと散っていく。

三月。

年度末で校務《こうむ》分掌《ぶんしょう》や、委員会の反省会議や次年度への申し送りなどたくさんの仕事がある。優菜も初任教諭として、週明けには研究授業が控えているのだ。

教科は算数で、単元もテーマもすでに決まっているから本来なら焦ることはないのだが、市の教育委員会から指導主事が来るということだったし、校長をはじめ、学校の主だった教諭が参観に来る。それは自身と、そして子ども達にかなりの緊張を強いるものであるのだ。そして今日は、授業の指導案の最終チェックを学年会議で行うのだった。

教室で指導案の最終チェックをしながら優菜はほっと息をついた。これからこれを会議に提出するのだ。

「これでいいと思います。指導案としては上出来ですよ。教材観も指導観もよく書けていますし。ね？　藤木先生」

永嶋がプリントの束をとんとんと束ねて脇に置いた。

「ちょっと文章がカタイ気がしますけど、羽山先生らしくてまぁ、いいでしょう」

藤木も気楽に応じた。

「ありがとうございます」

「それにしても羽山さんも大変だよなぁ。本当は二月にするはずだった研究授業がインフルエンザで延び延びになって、結局来週かぁ。来週からは六年生は卒業式の練習もあるのに」

「まぁ、五年生が参加するのは再来週からだから、まだ少し余裕がありますし……」

とは言っても、年度末はただでさえ業務が多い。加えて研究授業の準備があるので優菜は最近、帰宅時間が遅くなっていた。

「成績処理と、研究授業が同時進行なんて信じられないよ〜、俺なら泣いちゃうね」

藤木は冷めたコーヒーをずるずると啜りながら同情する。

「大人も子どもも評価されるってことですね」

優菜は真面目に頷いた。

「やれやれこの土日は勉強と授業の練習三昧に終わりそうです〜」

「学校でやるんなら俺、付き合おうか？　エア授業するなら誰かいたほうがいいだろ？　助言もできるし」

「あら、それはいいね……さっすが藤木君！」

永嶋は意味ありげに言うが、優菜は嬉しそうに背を伸ばす。たしかに自分ひとりで行うより、エア授業……つまりシミュレーションをしてしっかりした彼に授業を見てもらえるほうがいい。

「お願いします、心強いです……でも、よろしいんですか？　せっかくの休日なのに」

「構わないよ。俺なら忌憚《きたん》のない意見が言えるし、きっと教頭辺りも出勤してくるんだろうからついでに見てもらえばいい。羽山さんこそデートの予定とかないの？」

藤木は誤解していそうにニヤニヤしている永嶋を牽制するように明るく言った。

「そんなものありませんよ……エア授業やります」

どうせ、家にいても落ち着かないだろう。ならば学校に来て前向きに頑張ったほうがいいに決まっている。

本気を出そう。

優菜はそう心に決めた。研究授業は来週の水曜日にせまっていた。


「はい。じゃぁ、この赤い三角形をここに移動させてみると……綺麗な長方形ができるでしょう？　もうわかるわね？　こうすると面積が求めやすくなります。長方形の面積の求め方は縦かける横。つまり、こんな変な形の図形の面積を求めるときは、直線を引いて図形を分割し、四角形や三角形を探して、それぞれの面積を求めて、最後に足すと簡単です」

優菜は黒板の色つきのマグネットシートを指差した。授業内容は図形の面積の応用だった。図形の勉強は算数の苦手な子どもにとっては難しい。二次元の形を想像できないと、問題の意味すらわからない場合が多い。

教科書や問題用紙に印刷された図形は小さいから、優菜は独自に色つきのシートをたくさん用意し、黒板の上で分割したり、移動させたりして児童が図形のイメージを持ちやすいように工夫をした。優菜は算数の指導が割と得意だ。工夫した教材を作るたび、子ども達から「おお〜」という声が上がるのが楽しい。

三月も半ばに近くなり、教科書の内容はほぼやり終えてしまったので、今日の研究授業はこれまでの復習をかねた応用編ということに決めて、準備をしていたのだ。子ども達は最初のうちこそ、後ろにずらりと並ぶスーツ姿の大人に緊張していたが、優菜の授業展開に次第に集中しはじめ、次第にそわそわした動きがなくなった。

「せんせぇ〜、じゃあさ、テストのときに色鉛筆を持ってきたら駄目?」

説明を終えて、児童に例題を解かせているときに鹿島慎吾が元気よく手を上げて質問した。彼は年度当初に階段の手すりを駆け下り、怪我をしたおっちょこちょいの児童である。

「う〜ん、駄目じゃないけど、もし間違って塗ったら、色鉛筆は消しにくいよ。家での勉強で問題をたくさんやってれば、テストでも大丈夫だと思います」

慎吾はいつも思いがけない質問をする。優菜はちょっと焦ったが、なんとか順当な答えを返すことができた。物怖《ものお》じしない少年は「うえ〜家で勉強?」と大げさな悲鳴を上げ、後ろに並んだ見学者から遠慮がちに笑われている。優菜の背中に冷や汗が流れた。しかしそれからはおおむねスムーズに授業は展開し、終わりの頃には横山健太や、小林麻子からも真面目な質問が出て、一応無難にまとめて終わることができた。

ようやく終了のチャイムが鳴る。校長が出ていくのを合図に、見学者達は優菜に会釈して教室を出ていった。藤木や永嶋も、自分の授業の後半をプリント学習にして見に来てくれていた。優菜はその場にへたり込みたい気持ちになったが、このあとまだ関係者の反省会がある。

この授業が水曜日の五時間目だった。清掃も昼休みに済ませてあるからあとはホームルームで終わりだ。優菜の気持ちとは裏腹に、子ども達は嬉しそうに片づけをはじめた。


「羽山先生、お疲れさまでした。よい授業でした」

校長の締めの言葉で、約一時間の反省会は終わった。

「今までご指導ありがとうございました」

優菜は立って深々と頭を下げた。反省会は放課後の優菜の教室で行われたので、少しは気が楽だった。各自挨拶をして席を立って出てゆく。

「お疲れさん、どっと肩の荷おりただろ?」

戸締りを手伝いながら藤木が労《ねぎら》った。

「はい……本当に」

心からほっとして優菜は答えた。研究授業が終わるまで落ち着かない日々が続いていたからだ。

「今日はもう帰ったら？　送ろうか？」

「ありがとうございます。でも今日はなんかもう、ぶらぶらとひとりで帰りたいです」

「そぉ？　で、打ち上げはいつにする？　校長がごちそうしてくれるんじゃないかな？　俺んときはそうだったけど。週末にでもする？」

「いえ……皆さん年度末の成績処理や事務仕事で忙しいですから、卒業式が終わってからでいいです……っていうか、どっちみち年度末の打ち上げがあるのでしょ？　それと一緒でいいですよ」

「あ〜……たしかに皆、そのほうが喜ぶかも。でもいいの？　欲がないねえ」

「いいんです。私だって修了式が終わるまでは、気が抜けないし」

「相変わらず真面目だねえ。そんならそういうことで……それから羽山さん」

「はい？」

「前に、俺が言ったことね、もう気にしなくてもいいよ」

その言葉は夏の初めに、彼が優菜に告げた言葉を指すのだとすぐにわかった。

「君が今、凄く充実してることはわかるよ。公私ともいろいろ乗り越えたんだね。最近凄くいい顔をしてるよ。あの彼のお陰かな？」

「そんな藤木先生……」

優菜の困った顔に藤木は笑顔で応える。

「でも困ったことがあれば先輩として話を聞くよ。ま、それももう、要らないのかもしれないけど……じゃあね」

「ありがとうございました」

優菜はよき先輩に心から頭を下げた。


藤木が去ってからも優菜はしばらく廊下に佇《たたず》んでいた。奥に目をやると、開けっぱなしの窓がいくつかある。順番にそれらを閉めていきながら、優菜はゆっくりと歩いてゆく。

廊下の一番奥には外の非常階段に繋がる扉があった。そこを開けると、力強さを増した春の午後の日差しに一瞬眼が射られたが、優菜は非常階段の上に立って見た。ここに立つのは初めてだった。古い金属製の踊り場は三階だけあって、強い風が吹き上がり髪を乱す。しかし、風はもう冷たくはない。

眼下に葛ノ葉小学校自慢の広い運動場が見渡せる。そこには一日の授業を終えても、まだまだ元気いっぱいの子ども達が縦横無尽に動きまわっていた。

「あれ？」

よく見ると、窮屈《きゅうくつ》な研究授業から開放された五年二組の子ども達がたくさんいる。あの大きな体は健太だ。校庭の隅に置いてあるヤカンを持ち出して地面に水で線を引いている。ドッジボールのコートのラインを引いているのだろう。

まわりで今か今かと十人ぐらいがボールを手に待っている。やっとコートができあがり、じゃんけんをしてからゲームがはじまる。もちろん子ども達は優菜に上から見られていることを知らない。

横山健太、竹中渉、鹿島慎吾に、女子は小林麻美、大澤由美、上野瑞希……その中に混じって水島奈緒もいる。

健太が強烈なボールを放ち、受け損ねた渉がアウトになる。慎吾がおどけてガッツポーズをとった。皆も手を叩いて応援している。風に乗って歓声が優菜のところにも届いた。女子はお互いに協力しながら逃げて男子の目を撹乱《かくらん》する。男子は一応女子に投げるときは少し手加減しているらしい。攻撃は苦手だが視野が広く、パスを的確に出せる子、ひたすら前に前にボールを投げる子。こうして俯瞰《ふかん》で見ていると、子ども達の様子が実によくわかった。

彼らの中にも確実に社会性は育っているのだ。

わぁっ！

ひと際大きな声が上がった。奈緒がうまくフェイントをかけて、男子のひとりにボールを当てたのだ。よほど嬉しかったのだろう、奈緒は大喜びで麻美と抱き合っている。他の女子同士もキャアキャア笑い合って皆でハイタッチを交わしていた。

皆楽しそうだなぁ……水島さんも、きっと大丈夫。もう友達がいるんだもんね。乗り越えたんだなぁ……。

私は。

私はどうなの？　あんなに逞《たくま》しく、しなやかに成長できたのかな？

一つひとつはたしかに終わっていく。

経験はそれなりに積み重ねた。だが、子ども達のように試練をしっかり受け止めて、それを自分の糧《かて》にできたのだろうか？　自分に都合がいいように流したり、ごまかしたりしていないのか？

優菜はこの一年間の自分を思い返してみる。

常に慌ただしかった。戸惑いと焦り。根気と努力。その結果、少しだけれど、喜びと達成感をもたらしてくれた。移りゆく季節の中で、確実に自分がこの地に根差《ねざ》したものがある。そして、節目節目にある男の眼差《まなざ》しがあった。

ずっと後悔していたと言っていた。でも、謝罪を押しつけたりしないで、私の気持ちに添うようにずっと待っていてくれたんだ。口が悪くて、態度も悪くて、でもしっかり私を見てくれる——。

「冬木志郎……」

その名が浮かぶ。運動場からの風が気持ちがいい。長い髪が浮くように舞った。優菜は淡く輝く春の空を見上げる。

会いたい——。

強くそう思った。

それはとても簡単なことだった。自分から会いに行けばいいのだから。

＊＊＊

志郎は納品書の束《たば》から顔を上げた。

ここはもう閉めよう。そう納品口の向こうの白い影に気づいた。

「ふぅ、まぁこんなもんか」

「羽山！」

「こんばんは」

照れたように優菜は頭を下げた。この間会ったのがクリスマスだったから、およそ三ヵ月ぶりである。

「こんばんはって、お前……今日は早いじゃないか。もう仕事はいいのか？」

「うん、今日は早く帰ってきたの」

驚く志郎に、けろりと優菜は頷いた。

「お前が？　珍しいな」

「今日は私の研究授業で、とても疲れちゃったから」

そう言いながらシャッターをくぐって入ってきた優菜の服装は、いつも通勤で着ているような、地味でかっちりとした服装ではない。ジーンズにかぶさるような白い木綿のシャツ姿だ。

「ああ、前にそんなことを言っていたな。けど、お前から会いに来てくれるなんて珍しいな……ひょっとしてなにか失敗しちゃったのかな？　羽山先生？」

「いいえ、大成功でした」

覗き込む志郎に、優菜は微笑んで答えた。

「なんだよ……じゃあ、どうしたんだ」

「大きな試練が終わってほっとしたら、急にあなたを思い出したの」

「……本当に？」

「本当です」

「そっか」

志郎は頬が緩んでしまいそうになるのをなんとか堪えた。

「お仕事中にごめんなさい。すぐ帰るから」

「いや、いい。これから休憩に入るところだったんだ」

「嘘だよね。だってこれからお客さんが増える時間でしょ？」

「レジならバイトにまかせられる。今日のやらないといけない仕事はもう終わったし。なぁ、少し話をしよう、久しぶりだ」

「いいけど」

「え？」

優菜の言葉に志郎は驚いた。てっきりいつものように、すげなく断られると思ったからだ。

「いいのか？」

「うん、私も少し話がしたかったの」

「そ、そうなんだ……。車がいい？　それとも歩く？　飯は？」

「少し歩きたい気分かな」

「そうか、ちょっと待ってろ」

志郎は奥の事務所にいる兄の悟郎に少し出る旨を伝え、好奇心むき出しで納品口に出てきた悟郎から優菜を隠すように倉庫を出た。

外は薄暮だった。

ロータリーから駅を通り抜けると、すぐに人通りは疎《まば》らになり、田植え間近の田畑が広がっている。

「嘘みたいだな。お前とこんな風に並んで歩けるなんて」

「そうかも」

「遠まわりになるけど、あの道に出てもいいか？」

あの道とは、小学生の優菜と志郎が最後に会った場所、そして再会後、志郎が優菜を軽トラックに乗せて連れていった、用水路の側の土の道のことだ。

「いいよ」

優菜は素直に頷いている。

「ずっと、こうしたかった。お前と歩いて、しゃべって。昔のこと振り返って。お前いつもひとりで帰ってただろ？　本当は一緒に帰ろうって言いたかった」

「本当？」

「本当。ずっと思ってたよ。去年の春お前と再会してから」

「だけど恋人がいたでしょう？」

優菜が意地悪そうに聞いてくる。昔と立場が逆転だ。

志郎は頭を掻いた。

「あれは……」

「たしかに、人間いろいろあるね。残念ながら切れる縁もあるけど、また新しく結ぶ縁もあるし。出会って別れて、また出会って。教師ってそんな職業だと思う」

「俺との縁は切らないでくれよ。ずっと……ずっと探していたんだ。お前が切った縁の端っこを」

「そう？　凄い詩的な言いまわしをするのね、意外～」

「言うなよ。自分でも照れてる……なぁ」

「はい？」

「手を繋いでいい？」

志郎は自分でも驚くくらい真摯な気持ちで尋ねた。

「いいよ」

差し出された手は、小さく、そして温かかった。

＊＊＊

駅から離れた踏切を渡って、迂回《うかい》するとあの一本道に出た。

優菜も志郎と歩くにはこの道がいいと思っていた。昔はひとりぼっちで登下校したこの道、今は志郎が優菜の歩幅に合わせて歩いてくれている。大きな手から直に温もりが伝わってくる。なにかしゃべっていないとかなり照れくさい状況だった。

「でね、色つきマグネットシートを使って面積の求め方を説明したのが視覚的にわかりやすかったって、校長先生にも褒めてもらえてね」

優菜は自分でも珍しいくらいに饒舌《じょうぜつ》になっていると思いながらも、志郎が面白そうに聞いてくれるので、つい研究授業の中身を話した。わかりやすい説明は大切なスキルだから、志郎にわかってもらえたら自分の復習にもなる。

「へぇ～、今時の先生はいろんなことをするんだなぁ。でも、よく考えたな」

「他にも粘土や新聞紙を使ったりしたの。算数でつまづく子が多いから」

「俺もお前の授業を見たかったなぁ」

「私も見てほしかった」

「ははは！　そりゃよっぽどうまくいったんだな」

昼間は春めいて暖かかったが、暮れかけると途端に空気が冷えていく。しかし、優菜も志郎も寒さなど気にならず、お互いの言葉を聞いている。

「うん、藤木先生にも認められたし、ちょっといい気分」

「待て、その話は俺としては愉快に聞けない」

「なんで？」

「俺の知らないお前を知ってるから」

「彼の知らない私をあなたは知ってるじゃない」

優菜は少しむくれた様子の志郎にしてやったりと言い返した。

「そうだな。泣き顔も見たし」

志郎も負けずに言い返す。

「あ、なんか腹立つ。でもいいか。あなたにはたくさん助けてもらったし、勇気ももらえたし、お礼を言いたかったの」

「お礼とか、ごめんはいらないんだ。お前の役に立てたら俺はそれでいい……」

「あれ、いつの間にかこの道に出てる。遠まわりして戻ってたんだ」

優菜は学校から延びる一本道に出ていたことに気がついて声を上げた。

「なんだ、気づいてなかったのか？」

「気づかなかった。いつもと道が違うから」

「ほら見て」

志郎が指したほうに落ちていく春の陽がある。優菜も思わず見入ってしまった。

「昔、こんな夕陽の中に消えていく姿を見ていた。あのときはどうしても追いかけることができなかった」

立ち止まった優菜を見おろして志郎は真摯に言った。

「羽山……」

志郎の言葉を遮るように優菜は志郎を見上げた。

「私、この街に帰ってこられてよかった、あなたにまた出会えてよかった。だって、ここに立っていられるのは、昔から続いてるこの道があったからだから。意味のない過去なんてないんだね、きっと」

「はあ、いつもお前のほうが大人なんだよなあ」

志郎がどこか愉快そうに優菜の手を握る力を強める。優菜は逆らわなかった。

「あなただって十分大人でしょ、だって……だって私が会いたいって思った人だから」

優菜の言葉に志郎はふいに立ち止まった優菜もつられて足を止める。

「くそ、殺し文句を……」

「え？」

「なんでもないよ……あ、すげえ、お前真っ赤っかだぞ」

「え？　ああ、本当だ。白い服を着てるから染められちゃった」

優菜の服も肌も、夕陽の色を映している。風は冷たくなったが、色合いだけは太陽の色に包み込まれ、とても暖かく見えた。

「なに？　さっきから私の顔見てニヤニヤして」

「言わない。どうせ断られるから」

「言ってみないとわからないですし」

「いつでも電話とかしてきてほしい」

「それは今後の態度によります」

　優菜は先生ぶって答えた。

「あと今は早く帰って一緒に晩ごはんを食べたい」

「それは却下です」

「うわっ、ひどい！　なんでよぉ先生」

「ここは校区ですから」

　そう言って、優菜は一本道を走り出した。しかし、志郎も負けてはいない。ほんの数歩で再び捉えられてしまう。ぐいと手を引っ張られて、優菜は志郎を振り返った。

「このいじめっ子！」

「そうなんだ。俺はいじめっ子のままなんだ。だからこれからもお前は俺と一緒にいて、俺を叱ってほしい。今度こそ素直に聞くから」

　そう言って志郎は大きな背を丸めた。その背中越しに沈んでいく太陽が見える。

「わかりました。そうすることにします。私、けっこう厳しいよ。冬木君」

　そう言って優菜は両手を添えて志郎の顔を上げる。ふたりの視線が絡み合い、それは自然に微笑みに変わった。

優菜の手に志郎の手が重ねられる。

「そして、これからもずっとお前と夕陽を見たい」

照れているのか、夕陽のせいか、志郎の顔は真っ赤だ。

その顔を見て優菜は、心の中に住み続けていた小学生の自分がとっくに志郎を許していることに気づいた。

それは春、まだ浅き頃。

夕陽はその輝きをひと際増して、寄り添う影を茜色に包み込んだ。

〈了〉

あとがき

小学校五年生の時、私はクラスのガキ大将の男子に嫌われました。多分私が気が強くて、その子に対してははっきりモノを言ったことが原因だろうと思います。その男子の影響力は強くて、次第に一部の女子からも敬遠されるようになりました。今思えば、あれは「いじめ」だったのだろうと思います。その頃はまだ「いじめ」は社会問題化せず、教員から指導が行われることもなく、活動班で私だけひとりなったこともありました。誰かに相談しようという発想もなく、学校を休む勇気もなく、ただひたすら数ヵ月間耐えていました。

幸い、それはその年だけでしたし、大人になってから心が痛むこともありませんが、その男子生徒のことは忘れられません。それは憎しみではなく、心に刻みついた負の記憶なのです。

この物語を書くきっかけは、いじめていた者といじめられていた者が、大人になってばったり再会したらどうなるんだろう、と思ったことからです。

元になった拙作『茜色の君に恋をする』（マイナビ出版楽ノベ文庫）は、ヒロインだけでなく、いじめていた男子生徒の心情も細かく描いた恋物語になっています。それは自分の中で完結していたのですが、今回ファン文庫さんからお声がかかり、心身共に自立しようと目指す若い女性の物語として再編集し、新たな物語として出版させていただくことになりました。

ヒロインの優菜は幼い頃から孤独で、心の地盤があまり豊かではありません、彼女は小学校教諭となって母を亡くした土地に赴任し、心ならずもかつて自分をいじめていた青年、志郎と再会します。はじめは反発を感じながら、でも様々な生徒と関わる中で心を耕され、教師としても人間としても成長していきます。そんな中で心の壁も次第に薄くなり、志郎との距離が縮んでいくのです。今も昔も、教師にとっての先生は生徒達です。

今の学校は様々な課題を抱えています。制度や環境、そしてカリキュラムの中で、子どもも、親も、そして先生たちも問題を抱えながら、毎日を綱渡りのようにして過ごしていることも珍しくありません。そんな中で多くの教師は、日々試行錯誤しています。常に悩みつつ「さぁ、今日もがんばろう！」と自分を叱咤しながら校門を潜るのです。

この物語を再編しながら、私も様々な現実の問題と向き合いました。そのせいでしょうか、かなりリアルな感じで優菜の心情を描き出せたのではないかと思います。

今まで「文野さと」というペンネームで、空想の国で頑張るヒロインを描いてきた私ですが、今回新境地を開くきっかけをくださったマイナビ出版様に感謝です。

読んでくださった方々、ありがとうございました。私は女性が元気になれる物語を書きたい作家です。既刊もよろしければ、お手にとってくださいませ。

二〇一八年二月　街みさお

この物語はフィクションです。
実在の人物、団体等とは一切関係がありません。
本作は二〇一七月四月に小社より刊行の電子書籍『茜色の君に恋をする1』、
二〇一八年二月に刊行の『茜色の君に恋をする2』を改題し、加筆・修正したものです。

街みさお先生へのファンレターの宛先

〒101-0003　東京都千代田区一ツ橋2-6-3　一ツ橋ビル2F
マイナビ出版　ファン文庫編集部
「街みさお先生」係

ファン文庫

あの日、茜色のきみに恋をした。

2018年2月20日　初版第1刷発行

著　者　街みさお
発行者　滝口直樹
編　集　庄司美穂（株式会社マイナビ出版）　定家励子（株式会社イマーゴ）
発行所　株式会社マイナビ出版

〒101-0003　東京都千代田区一ツ橋2丁目6番3号　一ツ橋ビル2F
TEL　0480-38-6872（注文専用ダイヤル）
TEL　03-3556-2731（販売部）
TEL　03-3556-2736（編集部）
URL　http://book.mynavi.jp/

イラスト　syo5
装　幀　堀中亜理+ベイブリッジ・スタジオ
フォーマット　ベイブリッジ・スタジオ
DTP　株式会社エストール
印刷・製本　図書印刷株式会社

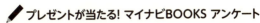

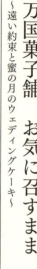

Fan
ファン文庫

司書子さんとタンテイさん
~木苺はわたしと犬のもの~

著者／冬木洋子
イラスト／庭春樹

本を開けばどこにだって行ける、
でも現実の世界はわたしには広すぎる――

市立図書館の児童室勤務、児童文学を愛し、実は泣き虫で人見知りな“司書子《シショコ》さん”こと司《つかさ》 薫子《しょうこ》と、探偵小説好きのおせっかい“タンテイ”こと反田《たんだ》。二人のささやかな冒険の物語。

Fan
ファン文庫

喫茶『猫の木』の秘密。
～猫マスターの思い出アップルパイ～

大人気シリーズ完結編！　猫頭マスター×
恋愛不精ＯＬのほっこりした日常に癒されて。

静岡の海辺にある喫茶店『猫の木』。そこには猫のかぶり物を被ったマスターがいる。恋愛不精のOL・夏梅とのジレジレ恋がいよいよ動き出す!?　猫のかぶり物に隠された謎とは!?

著者／植原 翠
イラスト／ｕｓｉ

Fan
ファン文庫

ダイブ！ 波乗りリストランテ

海上自衛官が艦の名誉をかけ、
究極の"海軍カレー"作りに挑む！

広島・呉が舞台。護衛艦の調理員・利信は、艦内の食事に思い悩んでいた――。人気作『ダイブ！～潜水系《イルカ》公務員は謎だらけ～』の著者が新たな世界観で自衛官を描く。

著者／山本賀代
イラスト／げみ

Fan
ファン文庫

神様のごちそう—神在月《かみありづき》の宴—

著者／石田 空
イラスト／転

重版続々の人気作品が
待望の続刊決定！

突然神様の料理番に任命され神隠しに遭った、りん。
神様、御先様《みさきさま》に「美味い」と言わせるべく奮闘中。
今作では出雲で開かれる神様の宴で腕を振るう！